AF244438

L'INTRIGVE

DES

FILOVS

COMEDIE.

A LYON,

Chez CLAVDE LA RIVIERE,
en Ruë Merclere à la Science.

M DC. XLIV.

CHARLES TESTV
CONSEILLER DV ROY
EN SON CONSEIL D'ESTAT

Maiftre d'Hoftel ordinaire de fa Maiefté,
Cheualier & Capitaine du
Guet de Paris.

MONSIEVR,

Ie ne fçay quel jugement
vous ferez de moy, & fi vous ne
m'accuferez point d'extrauagance,
ou du moins d'inciuilité, de vous de-
mander aujourd'huy voftre prote-
ction pour ceux-là mefme dont vous
auez entrepris la ruine. La charge
qu'on a donnée à voftre vertu, &
qui depuis tantoft vn fiecle a pafsé
de pere en fils dans voftre Maifon,
vous oblige à faire la guerre à ces en-

A 2   nemis

nemis cachez, qui la font indifferemment à tout le monde, & portent
leurs mains sacrileges iusques dans
les Temples & sur les Autels. Cependant, quoy qu'il soit de vostre deuoir
de les exterminer tous, i'ose vous en
presenter icy quelques vns, pour vous
prier de les traiter fauorablement, &
d'embrasser leur deffense. Il est vray
qu'il n'est bruit que de leur Intrigue;
& toutesfois pour estre des plus fameux, ils ne sont pas des plus coupa-
bles. Car aprés tout qu'ont-ils fait?
Ils ont fait possible autant que les autres; mais leur addresse est leur excuse: elle a comme fasciné les yeux de
leurs tesmoins, en leur faisant voir
que les crimes sont beaux quand ils
les font; & qu'il y peut auoir de la
gloire à faire le mestier dont ils se
meslent. Aussi, MONSIEVR, il y a
fort peu de plaintes contr'eux. Ils
n'ont point de Partie: Aucun ne vous
presse de mettre vos gens en campa-
ne pour les poursuiure; & si vous dai-

gnez vous entretenir auec eux de
leurs tours de foupplefle, ils vous
feront paffer peut eftre quelques heures affez agreablement. Les termes
dont ils expriment leurs pensées font
grotefques, la maniere dõt ils attrapée
les plus fins, l'eft encore dauantage,
& le Receleur dont ils fe feruent n'eft
pas fou; mais il n'eft gueres moins
plaifant que s'il l'eftoit. Il n'eft point
de melancholie à l'efpreuue de fa mine, & de fon langage, & il faudroit
eftre plus chagrin que ce Philofophe
qui pleuroit toufiours, pour ne pas
rire au recit de fes aduantures. Enfin,
MONSIEVR, ils font le diuertiffe-
ment & des yeux, & des oreilles; &
comme ils ont plus d'agréement ou
de bonheur que les autres, ils ont auffi plus de priuilege. On permettoit
en Lacedemone de voler en fecret,
mais on leur permet icy de voler en
public, & cette nouuelle permifsion
apporte plus d'vtilité que de dommage. Ce font des ennemis defcouuerts,

& qui defployant leurs fineffes à la
veuë du peuple & de la Cour, enfei-
gnent la Cour & le peuple à fe garder
d'en eftre trompez. Mais quelque li-
cence & quelque applaudiffement
qu'on leur dône dans les Affemblées,
ils en prennent peu de vanité, & fe dé-
fient auec raifon de l'approbation de
la multitude. Quoy que ce monftre
ait vn nombre infini d'yeux, il ne voit
que la fuperficie des chofes ; & pour
auoir tant de teftes il n'en a pas plus
de iugemêt. Ils croyent dôc que c'eft
à vous & non pas à luy à prononcer
fur leurs actions, & ils ne font entrez
chez vous qu'auec crainte ; fçachant
bien que ce qu'il admire le plus eft
quelquefois ce que vous condamnez
dauantage. Ils apprehendent d'eftre
examinez en particulier par vn Iuge
fi clair-voyant, & fi iufte, & de n'eftre
rien moins dás le cabinet, que ce qu'ils
paroifsêt fur le theatre. Certes MON-
SIEVR, ils ont beau faire les affeurez,
ils ne difent pas vn mot qu'ils ne tré-

blent,& ie n'en excepte pas mesme ce
Compagnon, qui parmi eux tranche
du sçauant,& qui n'aymât pas moins
l'estude que le larcin,est deuenu borgne à force de lire.Il me semble toutesfois qu'ils ne sont pas si criminels
qu'ils s'imaginent, & qu'estant plus
dignes de faueur que de chastiment,
vostre bonté peut parler pour eux à
vostre iustice. Ce ne sont pas des Fu-
rieux ordinaires,de ces Trouble-festes,
dont la rencontre est importune. On
accourt en foule pour les voir;& comme il y a plus de gloire à les proteger
qu'à les perdre,ie pourrois les addres-
ser sans rougir au plus grand Prince
de la terre ; mais ie ne veux tenir leur
grace que de vous, & pour l'obtenir,
ie vous offrirois mesmes des presens,
n'estoit que vous n'estes pas moins
incorruptible que ie suis,

MONSIEVR,

Vostre tres-humble & tres
obeissant seruiteur,
DE L'ESTOILE.

ACTEVRS.

LVCIDOR, Capitaine François.

OLYMPE, vefve d'vn Partifan.

FLORINDE fa Fille & Maiftreffe de Lucidor.

CLORISE, Confidente de Florinde.

TERSANDRE, Riual de Lucidor.

RAGONDE, Reuendeufe.

LE BALAFRE', Filou.

LE BORGNE, Filou.

LE BRAS-DE-FER, Filou.

BERONTE, Receleur.

La Scene eft à Paris dans l'Ifle du Palais,
deuant le Cheual de Bronze.

L'INTRIGVE
DES
FILOVS,
COMEDIE.

ACTE PREMIER,
SCENE PREMIERE.

BERONTE. LE BALAFRE. LE
BRAS-DE-FER. LE BORGNE.

BERONTE.

Ò N courage, mes pieds, courons viste, Il se ca-
    volons.   che,
Ils sont au Roy de Bronze, ils sont à nos
    talons,
Au Voleur, au Filou, mais Dieu ie perds l'haleine!
Cashons-nous, autrement nostre perte est certaine.

LE BALAFRE.

Où donc ce Malotru peut-il s'estre fourré?
Dans sa Chambre: à l'ennuy nous l'auons bien bourré,
Et nous le poursuiuions, pour l'acheuer de peindre.

LE BORGNE.

Il va comme la foudre, on a peine à l'atteindre.

LE BRAS-DE-FER.

Ie l'atteindray pourtant & le rouëray de coups,
Ainsi qu'à des Valets ce Faquin parle à nous,
Et nous a destourné cette Casaque bleuë,
Qui nous mit l'autre iour çent Archers à la queuë.

LE BORGNE.

La Foy n'habite point parmy les Receleurs;
Ils sont fourbes, meschants, & volent les Voleurs:
Mais comme (quoy) sans eux ferions-nous nos affai-
  res?
Ces Marauts aux Larrons sont des maux necessai-
  res.

LE BRAS-DE-FER.

Quoy? souffrir qu'vn Pendart qui deuroit estre sec,
Nous face ainsi passer la plume par le bec?
Si de ce bras de fer vne fois ie l'attrape,
Il sera bien subtil, & bien fort s'il eschappe,
Mais prenõs-en quel-qu'autre, aussi bien on sçait trop
Qu'aux petites Maisons il va le grand galop.

LE BORGNE.

Depuis que le iettant contre vn pillier de couche,
Vous fistes de sa teste vn abbreuoir à mouche,
Il a le cerueau creux, & sent vne douleur,
Qui le rend comme fou quand la Vigne est en fleur;
Il grimasse par fois comme vn Enfant qu'on séure,
Tantost rit, tantost pleure, & pour rien prend la ché-
  ure;
Enfin il est bizarre, & parest insensé,

Mai

Mais ce mal n'est pas long, il est bien-tost passé.
LE BALAFRE
Non non, il a tousiours la ceruelle en escharpe,
Et sa main a desià trop ioué de la harpe;
Il nous gasconne tout, & dans le Cabaret
Il fait à nos despens tirer blanc & clairet;
Mais quoy qu'il nous ait pris, il faut qu'il le rap-
porte,
Sinon il se verra traitter d'estrange sorte.
Courons donc le chercher suiuons le iusqu'au bout,
Et frotons-le à l'ennuy sur le ventre & par tout.

Ils s'en-
trent

BERONTE seul.
Allez frotter vn Asne, & non vn honneste Homme,
Mais silence ie crains que leur main ne m'assomme;
Si dans ce petit coin ils m'eussent rencontré,
Dieu sçait de quelle sorte ils m'auroient accoustré;
Ie tremblois d'vne peur qui n'estoit pas petite,
Et i'en aurois voulu pour vn bras estre quitte.
Mais ils s'en sont allez ces cruels sans mercy,
Ma frayeur est passée, ils sont bien loing d'icy,
Retirons-nous pourtant où Ragonde demeure.

Beronte
heurte
chez Ra-
gonde.

SCENE SECONDE.

RAGONDE. BERONTE.

RAGONDE.

Qvi-va-là?

BERONTE.
Vostre Amy.

RAGON

RAGONDE.

Vrayement il est belle heure;
Mais que voy je ? la crainte à mon cœur tout tran[...]

BERONTE.

Je suis

RAGONDE.

Quelque Vaut-rien, retire-toy d'icy;

BERONTE.

Recognoissez ma voix, & r'ouurez moy la porte.

RAGONDE.

Qui vous recognoistroit vestu de cette sorte?
Le plaisant équipage, hé! Dieu venez-vous?

BERONTE.

Je viens de me sauuer de la main des Filous.
Ouy, grace à ma lanterne, auec assez d'adresse,
Ie me suis finement eschappé de la presse;
Mais voyez si i'estois estourdy du bateau?
I'ay pris vn garderobe au lieu de mon manteau;
Et n'ayant eu loisir de chausser qu'vne botte,
I'ay fait la culebutte au milieu de la crotte.

RAGONDE.

En ces occasions on perd tout iugement.

BERONTE,

Il y paroist assez à mon habillement;
La méprise est plaisante,& certes me fait rire,
Quand ie crains de tomber d'vn grand mal dans vn
    pire.
S'ils reuiennent à moy, ie seray mal-traité,
Et cû par dessus teste en l'eau precipité.
Si bien qu'il dira vray ce Liseur de Grimoire,
Qui m'a predit qu'vn iour ie mourrois de trop
    boire.

RAGONDE.

D'où vient donc leur colere?

BERON

BERONTE.

Ils sont venus tantost

Reuoir quelques habits qu'ils m'ont mis en depost,
Et sans nulle raison me voulant faire accroire,
Que i'auois engagé de leurs hardes pour boire,
Ils m'ont poché d'abord vn œil au beurre noir,
Et cassé sur le nez & bouteille & miroir,
Ces Batteurs de paué, ces Marauts sans resource,
Vouloient m'oster la vie aussi bien que la bourse,
Qu'ils m'ont bien testonné! suis-ie pas beau garçon?
Ie me suis point veu traitter de la façon,
Ma teste en mille endroits est esleuée en bosse,
Et iamais Receleur ne fut à telle nopce:
Me prenant pour cheual ils m'ont bien estrillé,
Et chez-moy chacun d'eux ioüe au Roy d'espouillé,
Sur terre l'vn assis sur son cû comme vn Singe,
Amasse en vn paquet le meilleur de mon linge,
L'autre d'estend mon lict, & serre sous ses bras
Les pentes, les rideaux, la couuerte & les draps,
Enfin ils pillent tout ces plieurs de toillete,
Et m'ont fait malgré moy déloger sans trompette;
Quelques-vns m'ont suiuy, mais ils ne m'ont pas veu
Dans ce coin où i'estois, pied chaussé, l'autre nû.

RAGONDE.

Ie vous retirerois, fust-ce en ma chambre mesme,
Mais i'ay des ces Escrocs vne frayeur extréme;
Ils sçauent que chez-moy, ie vous ay fait cacher
A l'heure de minuict ils viendront vous chercher;
Ils me chanteront poüille, ils me feront desordre,
Et iamais ces Mastins n'ont abbayé sans mordre;
cherchez-donc giste ailleurs,   Elle re-
                                                 tre.

BERONTE, seul.

Qui s'en seroit douté?

Quelle reception? quelle ciuilité?

Me voila bien camus: mais quel suiet la porte
A refuser ainsi les hommes de ma sorte?
Elle est inexcusable, & fourbe de tout poinct,
Ces Filous qu'elle craint ne la cognoissent point,
Cependant, que feray-ie? où sera mon aZile?
Au Diable le denier, ie n'ay ny croix ny pile.
Ie suis leger d'vn grain, & la Necessité
S'en va me rendre sec, comme vn pendu d'Esté.
Mais d'ou vient qu'au logis de cette fine Mouche
Qui Chapelet en main fait la saincte Nitouche,
Le nez dans son manteau, sans suitte & sans clarté
Heurte ce Gentil-homme ou ce Vilain botté?
Iroit-il si matin faire emplette chez-Elle?
Il y va bien plustost attendre cette Belle,
Habillée en ie-en-veux qui de loin suit ses pas
Et qui de son mouchoir me cache ses appas,
Elle entre chez Ragonde, & non comme ie pense,
Pour luy communiquer vn cas de conscience,
Seule apres vn plumet, par vn petit destour
Chez vne Reuendeuse entrer au poinct du iour,
Et d'vn mouchoir encor, prenant de tout ombrage,
De peur d'estre cognuë affubler son visage,
Mon doute est éclaircy, ie cognois la raison,
Qui trop indignement m'a fermé sa maison:
La Matoise quelle est, a peur ie ne voye,
Quelle y loge tousiours quelque fille de ioye.
Elle en est soubçonnée, & c'est le commun bruit,
Que sans auoir procez souuent elle produit.
Il semble cependant à voir sa contenance,
Quelle a de tout son cœur fait veu de continance;
Et que de luy parler de toucher vn teton
Ce soit luy parler Grec, Arabe, ou bas Breton;
Mais Elle fait l'Amour, ou du moins le fa-
    faire;

fust-ce aux *Quinze-vingts*, la preuue en seroit claire.
L'*Hypocrite* à la fin se cognoist tost ou tard;
On cajolle chez-elle, aussi bien qu'autre part,
En corrompant l'honneur des meilleures Familles,
Peut-estre qu'elle vend moins d'habits que de Filles.
Ma foy c'est vn mestier qui vaut mieux que le mien;
On y fait des amys, on y gaigne du bien,
On void mille Beautez, & s'il en prend enuie,
On se donne vn plaisir le plus doux de la vie.
Changeons donc d'exercice, & pour nous rendre heureux,
Soyons Ambassadeur du Roy des Amoureux.
Mais que voy-ie? est-ce pas le portraict de la Belle,
Que n'aguere *Ragonde* a fait entrer chez-elle,
Et que sans y penser elle aura laissé cheoir
Lors que pour se cacher elle a pris son mouchoir,
Elle a passé soudain, ie ne l'ay qu'entre-veuë,
Mais si la recognois-ie, on i'ay bien la berluë;
Puy voila son visage, & i'y voy des appas,
Qui me pourroient tenter, apres vn bon repas.
Mais le flambeau d'Amour s'allume à la Cuisine,
Et sur cète peinture on n'auroit pas chopine,
Allons donc voir chez-moy, si rien ne m'est resté
Sur quoy ie puisse vn peu trinquer à ma santé;
Aussi bien quelqu'vn sort, & ie crains non sans cause,
Qu'on ne vienne m'oster vne si belle chose:
Voyons à tout hazard.

Beronte trouue icy le portrait de Florinde que Clorise a laissé tôber en entrant chez Ragonde.

SCENE

SCENE TROISIEME,

LVCIDOR, CLORISE, RAGONDE,

LVCIDOR,

O Comble de mal-heurs!
Puis-ie chere Clorise assez verser de pleurs,
Regrettant le portrait de celle que i'adore?
Mais comme as-tu pû le perdre?

CLORISE.

             Ie l'ignore,
De sa part chez Ragonde allant vous le porter,
Ie ne sçay pas comment on a pû me l'oster.

LVCIDOR.

Ha que ton peu de soin est peu digne d'excuse!

CLORISE.

Aussi, loin d'en chercher, moy-mesme ie m'accuse
Mais ne voulez-vous point moderer vostre ennuy
C'est vn portrait perdu.

LVCIDOR,

             Ie le suis plus que luy.
Ce bien m'estoit promis, & ta belle Maistresse
Me l'enuoyoit aussi pour tenir sa promesse,
Et consoler par la son mal-heureux Amant
De n'ozer plus la voir qu'en secret seulement :
Mais ie ne l'auray point, ta negligence extréme
M'a frustré pour iamais de cét autre elle-mesme
De ce charme des yeux, qui rauissant les miens,

Eust flatté ma douleur en l'absence des siens.

RAGONDE.

Faut-il pester ainsi contre vostre aduenture,
Pour vn petit carton barbouillé de peinture,
Où peut-estre Florinde est laide en cramoisy ?

LVCIDOR.

Ha ! ne ris point du mal dont mon cœur est saisy.

CLORISE.

Il faut se consoler.

LVCIDOR.

Il faut perdre la vie.

CLORISE.

Ie sçay qu'à fondre en pleurs ce malheur vous conuie,
Mais tenez-le secret, ou bien preparez-vous
A me voir de Florinde essuyer le courrous,
Oüy, si ma negligence arriue à ses oreilles,
I'auray beau reclamer ses bontez, nompareilles,
Ie seray souffletée, & sans plus de caquet,
Il faudra me resoudre à faire mon paquet.

LVCIDOR.

Luy pourrois-je cacher vne si grande perte ?

RAGONDE.

Deuez vous l'aduertir que vous l'ayez soufferte ?
Au contraire en parlant auec elle aujourd'huy,
Mentez côme vn beau Diable, & donnez-vous à luy,
Si tousiours son portrait n'occupe vostre veuë.

LVCIDOR.

Mentirois-je à qui voit mon ame toute nuë ?
Que puissay-ie plûtost estre priué du iour.

RAGONDE.

Que fait-on que mensonge en l'Empire d'Amour ?
C'est-là qu'impunément à toute heure il s'en forge,
Et vous auez menty cent pieds dans vostre gorge,
Alors que tant de fois, sans rougir seulement,

B

Vous

Vous m'auez asseuré d'estre mort en l'aymant.
Vous parlez, vous marchez, qui doncques ie vous
* prie,*
Vous a ressuscité?

LVCIDOR.

Treve de raillerie,
Moy pour cacher vn crime en commettre vn si noir.

CLORISE.

Si le mien se connoist, où sera mon espoir?
Par vne menterie asseurez ma fortune,
I'en ay fait cent pour vous, pour moy faites-en
* vne.*

LVCIDOR.

Puis donc que tu le veux, si ie n'y suis forcé,
Ie ne luy diray rien de ce qui s'est passé,
Ie t'en donne parole, & le Ciel me confonde,
Si i'en parle jamais à personne du monde.
Mais au Temple auiourd'huy ne la pourray-ie
* voir?*

CLORISE.

Que Regonde auec moy s'en vienne le sçauoir.

LVCIDOR.

Va, Ragonde, va donc, sa mere a mille doutes
Qui la tiennent souuent tout vn iour aux escoutes,
Mais tes inuentions qu'on ne peut égaler,
Treuuent bien toutesfois moyen de luy parler,
On n'en soupçonne rien, ton addresse est extréme,
Et tu pourrois tromper la deffiance mesme.
Mais Adieu ie t'amuse.

RAGONDE.

O quels transports d'Amour!
Mais Florinde paroist.

SCENE QVATRIESME,

FLORINDE, CLORISE, RAGONDE.

FLORINDE.

I'Attens vostre retour,
l'auez-vous veu Clorise? a-il ce qu'il demande?
CLORISE.
Il s'est trouué surpris d'vne faueur si grande,
Cent fois il l'a baisée; & mesme deuant nous
Il s'est pour l'adorer voulu mettre à genoux:
Mais quoy que ce portrait luy donne tant de ioye,
Il dit qu'il faut qu'il meure, ou qu'enfin il vous voye.
FLORINDE.
Au Temple ce matin ie pourray bien aller,
Mais qu'il n'espere pas que i'ose luy parler;
Ce n'est pas à sçauoir qu'on m'en a fait deffense,
Et que son entretien me tiendroit lieu d'offense.
RAGONDE.
Faut-il que vos parens contraignent vos desirs?
Prenez en liberté l'objet de vos plaisirs:
N'est-il pas Gentil-homme? est-il pas Capitaine?
Si i'estois que de vous, ma foy ribon ribaine
En-gré malgré leurs dents, ie les ferois bouquer.
FLORINDE.
Sans choquer mon deuoir, pourrois-ie les choquer?
RAGONDE.
Puis en quoy dependez-vous d'eux? vous n'auez plus de Pere,
Le bien vient de luy, non pas de vostre Mere,
Qui se voyant encor en la fleur de ses ans,

Se laisse cajoller à mille Courtisans.
Mais si quelque Galand luy donne dans la veuë,
Vous imaginez-vous d'en estre mieux pourueuë?
Les biens que vostre Pere a pour vous amassez,
Seront pour vn plumet follement despensez;
Et Dieu sçait cependant comme iront ses affaires,
Et combien aux procez les amours sont contraires
Le miroir qu'elle prend afin de s'ajuster,
Est le seul Aduocat qu'elle ira consulter.
Desia son plus grand soin est de-paroistre belle,
Elle inuente à tous coups quelque mode nouuelle,
Et vostre Pere est mort en sa ieune saison,
Du regret de la voir ruiner sa Maison,
Et non pas comme croit sottement le vulgaire,
De quelque qui pro quo de son Apotiquaire.
Mais à vous conuertir perdray-ie mon latin?

FLORINDE.

Taisons-nous, la voicy.

SCENE CINQVIESME.

OLYMPE, FLORINDE, CLORIS, RAGONDE.

OLYMPE.

Vous sortez bien matin,
Mais plus matin encor ie me suis habillée
Pour sçauoir qui si tost vous auoit esueillée,
Où courez-vous?

FLORINDE.

Au Temple.

OLYMPE

OLYMPE.
                Et cette femme aussi ?
FLORINDE.
Afin de vous parler elle venoit icy.
RAGONDE.
Madame si i'en crois la nouuelle publique,
Vous donnez vn Espoux à vostre fille vnique?
OLYMPE.
Vous venez de bonne heure, afin de le sçauoir.
RAGONDE.
Madame excusez-moy, ie ne viens que pour voir
Si vous auriez besoin de quelques Pierreries,
De beau linge, de lits, ou de tapisseries;
OLYMPE.
Non pas pour le present.
RAGONDE.
                I'ay des meubles chez moy
Capables de seruir dans la chambre du Roy.
Mais pour les achepter ie ne trouue personne,
Le temps est miserable, on vend moins qu'on ne donne!
A peine le Beurgeois me demande combien,
Et chacun à la Cour veut auoir tout pour rien.
On apprend la Lezine, on n'a plus d'autre liure,
Ie suis de tous mestiers & si ie ne puis viure,
Ie perds sans rien gagner mes peines & mes pas.
OLYMPE.
Hé que faites-vous donc?
RAGONDE.
                Mais que ne fais-je pas?
Madame ie reuends, ie fais prester sur gages,
Ie predis l'aduenir, & fais des mariages:
Cherchez-vous vn mary? ie sçay bien vostre fait,
C'est vn homme de mine & plus encor d'effet.

                B 5   OLYMPE.

OLYMPE.

Ie le crois, mais l'Hymen est vn joug que i'abhorre.

RAGONDE.

Quoy ? vous tiendrez-vous veuue, estant si ieu
encore ;
I'en vois remarier qui passent cinquante ans !
Reprenez vn Mary, mesnagez vostre temps ;
Et ressouuenez-vous qu'il n'est rien si semblable
Que l'estat d'vne veuue & d'vne miserable.
Souuent elle est reduite à vaincre ses desirs,
Pour garder son honneur, elle perd ses plaisirs :
Que si quelqu'vn la void soudain on en caquette,
Elle est au Roquantin, on l'appelle Coquette ;
Et ses propres enfans condamnant ses humeurs,
Sont par fois les premiers à censurer ses mœurs :
Tout veuuage est fascheux, & i'en fais bien la
preuue ,
Fust-on femme d'vn sot , on est mieux qu'est
veuue.

OLYMPE.

Ie la suis toutesfois, & la seray toufiours,
Adieu, n'en parlons plus , brisons là ce discours

RAGONDE.

Vous refusez vn bien que le Ciel vous presente.

Elle ren-
tre.

OLYMPE.

La charge d'vn Mary me semble trop pesante.

RAGONDE.

Vous pourriez toutesfois la porter aisement !
Mais ie parle Madame, vn peu trop librement
Et crains de vous auoir trop long-temps arrestée.

OLYMPE.

Ne seroit-ce point là quelque Femme apostée ?
Peut-estre Lucidor emprunte son secours,

Pour vous faire tenir des lettres tous les iours,
Et peut-estre à respondre encore il vous engage,
A dessein seulement d'en tirer aduantage :
L'Amant dans la ponrsuite est vn renard si fin,
Que nous n'auons poulets qu'il n'attrape à la fin.
Mais il deuient lyon aux caresses premieres,
Nous fait trembler de peur, nous retient prisonnieres,
Et dans la ioüyssance il se change en serpent,
Dont le mortel venin contre nous se respand,
Il nous sifle, il nous mort, & nous quitte auec ioye,
Pour chercher autre part quelque nouuelle proye.

FLORINDE.

Mes yeux sont à sçauoir comment sa main escrit,

OLYMPE.

Vous deuez pour iamais l'oster de vostre esprit !
Mais qui croiroit qu'Amour vous eust preoccupée
D'vn homme qui n'a rien que la cappe & l'espée !
Lucidor est gentil, genereux, obligeant,
Mais toutes ses vertus ne sont pas de l'argent :
Cependant il vous charme, & Tersandre au con-
*   traire,*
Auecque tous ses biens tasche en vain de vous
*   plaire,*
Mais en fuyant Tersandre, & suiuant son Riual,
Vous fuyez vostre bien, & suiuez vostre mal :
Tersandre est en effet plus riche qu'en paroles,
Ne luy gardons nous pas deux grands sacs de pi-
*   stolles,*
Vn coffret tout comblé de chaisnes d'or massif,
Et qui pour leur grosseur sont d'vn prix excessif,
Vn diamant encor, en splendeur admirable,
En grandeur monstrueux, en tout incomparable,

FLORINDE.

Oüy, mais il est ialoux, iusques-là que par fois,

A ma langue, à mes yeux, il veut donner des
   loix;
Ie n'ose entretenir ny regarder personne,
Sans aucune raison souuent il me soupçonne;
Et si de moy s'approche, ou seruante, ou valet,
Il iure qu'en mes mains on a mis le poulet.

OLYMPE.

Plus vn homme est ialoux, plus son amour est forte,
Et nulle ne s'égale à celle qu'il vous porte;
Il sera vostre Espoux, c'est vn point arresté,
Rentrons?

FLORINDE.

Dieu! que feray-ie en cette extremité?

ACTE II.
SCENE PREMIERE.

BERONTE, seul.

HA! ie m'en doutois bien que ie serois Pro-
   phete;
Sans vser de balais, ils ont fait maison nette;
Ces Filous qui iuroient en Chartiers embourbez,
Ont en moins d'vne nuict tous mes bien desrobez;
Et ne me laissant pas, pour me pendre, vne corde,
A cette seule botte ont fait misericorde;

La voyant vieille, seiche & moisie à moitié,
Tous barbares qu'ils sont, ils en ont eu pitié;
Mais ils faut au besoin de tout bois faire fleches,
Il n'importe dequoy l'on repare la brèche,
Ny mesme à quel mestier on gaigne de l'argent,
Quand de biens & d'amys on se trouue indigent;
Faisons profit de tout, cet obiet plein de charmes,
De la chasteté mesme arracheroit les armes,
Et pour se resiouyr vne heure seulement
Auec l'Original d'vn portrait si charmant;
Il n'est point de boiteux qui ne prenne la course,
Ny d'homme si vilain, qui ne m'ouure sa bourse;
Donc nous promenant seul par ces lieux destournez,
Voyons qui des passans aura le plus beau nez,
Et souddain pour tirer profit de sa rencontre,
D'vne telle peinture allons luy faire monstre.
Ie pourrois bien sans-elle, apres cet accident,
Comme les Espagnols, disner d'vn Cure-dent.

SCENE DEVXIEME.

TERSANDRE, BERONTE.

BERONTE.

Mais qui voy-ie parestre ? Amour me fa-
uorise,
Ce frizé semble auoir l'œil à la friandise,
La pochette garnie, & le cœur genereux,
Pour bien payer le droit d'vn aduis amoureux,
Monsieur..

TERSANDRE.

Que me veux-tu?

  BERON

BERONTE.

Que vaut-bien cét ouurage?
Se peindra-t'il iamais vn plus gentil visage?

TERSANDRE.

Ce portraict a vrayement vn charme tout nouueau.

BERONTE.

Vous, & l'Original, en feriez vn plus beau.
Il est icy tout proche, & si ie vous y meine,
Vous me confesserez qu'elle en vaut bien la peine.

TERSANDRE.

O Ciel! dans ce portraict voy-je pas esclatter
Tous les traits dont Florinde a sceu me surmonter?
Que dis-tu malheureux? me veux-tu faire accroire
Que ce corps si parfaict ait vne ame si noire?

BERONTE.

C'est vn ieune Tendron, de l'âge de quinze ans:
Mais qu'on ne peut gaigner qu'à force de presens.

TERSANDRE.

O Dieu quelle rancontre! ô Dieu quelle nouuelle!
Ie me la figurois aussi chaste que belle:
Mais ie veux me vanger, ou terminer mes iours.

BERONTE.

Il faut plûstost cueillir le fruit de vos amours,
De la faute d'autruy porterez-vous la peine?
Et mourrez-vous de soif, auprès d'vne fontaine
Où tant d'honnestes Gens se vont d'esalterer?

TERSANDRE.

Ce mot suffit tout seul pour me desesperer,
Mais c'est trop discourir, accomply ta promesse,
Ma curiosité se plaint de ta paresse:
Marche, sers moy de guide, est-ce par ce destour?

BERONTE.

Fait — on marcher pour rien vn Messager d'A-
mour?

TERSAN

TERSANDRE.
Ie te tiens, tu viendras, tu ne t'en peux deffendre.

BERONTE.
Vous auez la main dure, ou bien i'ay la peau tendre?
O la chaude pratique! Où me suis-je adressé?

TERSANDRE.
Ie pense qu'il est yure, ou plustost insensé,
Mais donnons luy la piece, afin qu'il nous y meine.
Tien, voilà bien dequoy te payer de ta peine.
Ie ne veux rien pour rien; mais dépesche, autrement
Vne rupture d'os sera ton chastiment.

BERONTE.
Dans ce petit logis lestement accoustrée,
Auec vn Vergaland, tantost elle est entrée;
Ils y seront encore.

TERSANDRE.
Est-ce point mon Riual?
Tirons-nous promptement d'vn doute si fatal:
Entrons; & là dedans le treuuant auec elle,
Poignardons-le à l'instant au sein de l'Infidelle:
Heurte, redouble encore. Ha! ie meurs de regret.

BERONTE.
Dans tous les lieux d'honneur il faut estre discret.

SCENE TROISIEME.

TERSANDRE. RAGONDE. BERONTE.

RAGONDE.

QVe vous plaist-il Monsieur? voulez-vous dans
ma chambre.

Voir

Voir quelques bracelets, ou de coral, ou d'ambre?
De beaux emmeublemens, mille sortes d'habits,
De nouueaux Poincts-coupez ; des Monstres d
   rubis ?

BERONTE.

Il ne vient pas icy pour y faire rencontre
D'habits, de bracelets, de dentelle, ou de monstre:
Mais bien d'vn petit Cœur, dont l'éclat est si grand
Et que vous desirez de vendre au plus Offrant.

RAGONDE.

Il est vray qu'il est beau, mais ces Traisneurs d'espé
Sont Seigneurs d'argent-court, & souuent m'on
   trompée;
I'ayme bien mieux le vendre à quelque Financier:

TERSANDRE.

Contentez le desir de qui veut bien payer.

RAGONDE,

Ce que vous desirez de cent feux estincelle,
Mais Monsieur, sçauez-vous comment cela s'ap
   pelle ?
Ce ioly petit Cœur qui n'a rien de commun,
Et cinquante escus d'or, en vn mot c'est tout vn!

TERSANDRE.

Monstrez-le promptement, vostre longueur me tuë

RAGONDE.

Vous ne donnerez rien pour en auoir la veuë,
Le voilà, n'est-il pas plus brillant qu'vn Soleil!
Ce Cœur de diamant n'eut iamais de pareil.

TERSANDRE.

O rencontre bizarre ! ô plaisante équiuoque!
Qui malgré ma doulur à rire me prouoque,
Il ne cherche rien moins qu'vn cœur de diamant.

RAGON

RAGONDE.

Hé! que cherchez-vous donc? parlez plus clairement,

BERONTE.

Ce n'est pas auec moy qu'il faut faire la fine,
Que ne luy monstrez-vous cette ieune Poupine,
Dont le teint est si frais, & l'œil est si riant,
Qu'on n'a iamais tasté d'vn morceau plus friand,
On sçait bien cependant que chacun en dispose,
Et qu'on ne trouue point d'espine à cette Rose.

RAGONDE.

Les Filous de tantost ne pardonnant à rien,
T'auroient-ils emporté l'esprit auec le bien?

TERSANDRE.

Nous vous contenterons n'vsez plus de remise.

RAGONDE.

Ie n'ay pour vous, Messieurs, aucune marchandise,
Fors vne couuerture, où l'on berne les foux.

TERSANDRE.

Quoy? nous fermer la porte en se raillant de nous?   Elle r'é-
Faire l'honneste femme, & produire des filles?   tre.

BERONTE.

Troussons, de peur des coups, nostre sac & nos quil-
  les,

TERSANDRE, seul,   Il r'étre.

Il s'enfuit, & me laisse auecque des transports,
Dont iamais ma raison ne vaincra les efforts.
Mais plus que ce portrait, suis-je pas insensible,
Si ie ne me ressens d'vn affront si visible,
I'oublieray toute chose auant que l'oublier,
Et moy-mesme par tout i'iray le publier,
Mais dois-je declarer vne faute si grande?
Mon honneur le deffend, mon despit le commande,
Sans honte ie ne puis découurir mon malheur,

                                                          Et

Et ne le puis celer, sans mourir de douleur;
Au moins sa Confidente en doit estre aduertie,
Mais n'est-il pas trop vray qu'elle est de la partie?
Qu'auecque sa Maistresse, elle passe son temps,
Et peut-estre l'a vend à beaux deniers contans:
La voicy l'Effrontée, où s'en va donc Clorise?

SCENE QVATRIEME

TERSANDRE, CLORISE.

CLORISE.

Icy prés.

TERSANDRE.

Toute seule? & mesme si surprise?
CLORISE.
A quoy tend ce propos? mais, ô Ciel! qu'auez-vous
Dieu ie vous voy rougir & paslir à tous coups;
Et de tant de couleurs se peint vostre visage,
Que iamais l'Arc-en-Ciel n'en monstra d'auantage
TERSANDRE.
Allez-vous resiouyr & saoulez vos desirs.
Des molles voluptez des amoureux plaisirs.
Allez auec Florinde en des Maisons de ioye,
Mais au moins gardez-bien que quelqu'vn ne vous
    voye,
Car, si l'on vous y prend, quel excez de bon-heur
Vous pourra faire vn iour recouurer vostre honneur
Lors que la renommée est vne fois perduë,
Quoy que l'on face apres, elle n'est point renduë;
Il vaudroit mieux pécher, & que l'on n'en sçeut rien,

Que

Que faire penser mal à l'heure qu'on fait bien.
CLORISE.
Les Yurognes, les foux, & les enfans font rire,
Et l'on a peu d'égard à ce qu'ils peuuent dire;
Mais on doit encor moins s'offencer d'un Amant,
A qui la Ialousie oste le iugement:
C'est vne passion qui iamais ne vous quitte,
On rit des mouuemens dont elle vous agite.
Elle vous fait tenir d'extrauagans propos,
Vous fait parler tout seul, vous oste le repos,
Et fait que tous les iours, quelque soubçõ vous porte,
A voir combien de fois on ouure nostre porte;
Ce Monstre est défiant, & croit que la Beauté
Ne sçauroit compatir auec la Chasteté,
Il est tousiours au guet, il est tousiours en doute,
Il a plus d'yeux qu'Argus, & pourtant ne voit goutte.
TERSANDRE.
Ie ne voy que trop bien, il n'est plus de couleur,
Qui puisse déguiser un si honteux mal-heur;
Vous Florinde est descouuerte, & ie cognoy la flâme,
De l'impudique feu qui brusle dans son ame.
CLORISE.
Ma foy, si vostre esprit, que i'ay tant admiré,
N'est perdu tout à fait, il est bien esgaré;
Qui prendroit garde à vous, vous voyant si peu sage,
Pour apprendre à parler, vous feroit mettre en cage.
TERSANDRE.
Ma foy, si vostre honneur que i'ay tant protegé,
N'est vendu tout à fait il est bien engagé.
Qui prendroit garde à vous, pourroit bien vous dé-
plaire,
S'il ne vouloit tout voir, tout ouyr, & se taire.
CLORISE.
Hé qu'auez-vous donc veu? qu'auez-vous donc ouy?
Quelles

Quelles fauſſes clartez vous ont donc esblouy?
Florinde n'a iamais fait d'actions blaſmables,
Et plus que ſes beautez, ſes vertus ſont aymables;
I'eſpouſerois plutoſt vn tombeau qu'vn Ialous,
Quel Vertigo vous prend? & vous met hors de vou[s]
Quels diſcours? quels regards? quels tranſports [&]
    folie?
Si vous continuez, ie crains qu'on ne vous lie,
Et que vous ne faciez les cordes rencherir;

TERSANDRE.

Ha! ne m'en parlez plus, vous me faites mourir;
N'allez-vous pas enſemble en ces maiſons infames
Où ſouuent vn ſeul corps a fait perdre mille ames?

CLORISE.

Non, mais i'iray bien-toſt auec deuotion,
Prier ſainct Mathurin à voſtre intention.

TERSANDRE,

Et moy i'iray prier, découurant qui vous eſtes,
Qu'on vous donne logis dans les Magdelonnettes

Cloriſe
r'entre
chez
Florin-
de.

SCENE CINQVIE'ME.

TERSANDRE, ſeul.

VOyez quelle reſponce, & de quelle fierté,
    Elle oſe deuant moy nier la verité;
De tout ce que ie dis, elle fait raillerie,
Et ie ne vis iamais pareille effronterie:
I'accuſe ſa Maiſtreſſe, & loin de l'excuſer,
I'ay tort ſi ie l'en croy, ie me laiſſe abuſer;
Elle me traitte enfin de Ialous, de credule,
Et d'eſprit qui va meſme au delà du ſcrupule:
M'auroit-on bien deceu? crois-je point de leger? [O]n

Cette accusation possible n'est pas vraye,
Le bruit m'a renuersé, la peur ma fait la playe;
Et c'est trop la blasmer sur le simple rapport
D'vn homme que le Vice a choisi pour support.
Il ne cogneut iamais pas vne honneste fille,
Et des pechez du peuple il nourrit sa famille,
Mais si tout ce qu'il dit n'est qu'vn conte inuenté,
Et qu'elle soit si chaste auec tant de beauté,
D'ou luy vient ce portrait? & l'audace de dire
Qu'on en peut obtenir tout ce qu'on en desire?
Ha! que ie deuois bien, imprudent que ie suis,
Tirer quelques clartez pour dissiper mes nuits,
Auant que de laisser eschaper cet Infame,
Par qui mille soubçons se glissent dans mon ame,
Quand ie pleure (peut-estre) elle se resiouyt,
Et peut-estre à souhait Lucidor en jouyt.
Dans ce logis, dit-il, lestement accoustrée,
Auec vn Verd-galland tantost elle est entrée.
Est-ce vn autre que luy? ie n'en sçay que iuger,
Mon esprit là dessus se laisse partager:
Mais cherchons ce Riual sans tarder dauantage,
Monstrons luy ce portrait pour voir si son visage,
Son geste, ou son discours, ne m'esclaircira point
D'vn doute qui vraymét me trouble au dernier point,
On tente tous moyens pour se tirer de peine,
Mais ie pense le voir, mon bon-heur me l'ameine.

SCENE SIXIEME.
LVCIDOR, TERSANDRE.
TERSANDRE.

OV donc, triste & resueur allez-vous seul ainsi?
Vous est-il suruenu quelque nouueau soucy?
LVCIDOR.
On voit à tous momens quelque affaire importune

C

Suruo

Suruenir à qui suit l'Amour ou la Fortune.
####### TERSANDRE.
I'ay pourtant peu souffert, depuis l'aymable iour,
Que i'ay suiuy par tout la Fortune & l'Amour.
####### LVCIDOR.
La Fortune vous rit, & vous est fauorable,
Mais ie croy que l'Amour vous rend fort miserable.
####### TERSANDRE.
Quiconque peut auoir la fortune pour luy,
A bien dequoy guerir de l'amoureux ennuy.
####### LVCIDOR.
La Fortune se plaist à nous estre infidelle,
Et quiconque la suit est aueugle comme elle.
####### TERSANDRE.
Est-ce vn aueuglement que de suiure en tous lieux
Celle dont la richesse esblouit tous les yeux?
Mais posseder le cœur de la belle Florinde,
Est plus que posseder tous les tresors de l'Inde.
####### LVCIDOR.
Ie l'aduoüe, il est vray, mais le possedez-vous
Ce cœur qui sembloit estre insensible à vos coups?
####### TERSANDRE.
Ie sçay bien que n'aguere elle m'estoit cruelle,
Et qu'au ioug de vos loix vous reteniez la belle:
Mais pour s'en dégager, elle a pris mes liens,
Et semble auoir esteint tous vos feux dans les miens.
####### LVCIDOR.
A flatter vos desirs, on l'inuite, on la force;
Mais d'vn arbre si beau vous n'aurez que l'escorce.
####### TERSANDRE.
S'm'a-t'elle fait don;   LVCIDOR,
De quoy?   TERSANDRE.
                         Ie suis discret,
Vn Amant doit mourir auec son secret.

LV

LVCIDOR.

main, par qui l'Amour mit le feu dans mon ame,
us a peut-estre escrit au mespris de ma flâme.

TERSANDRE.

nt du tout.   LVCIDOR.

Ses cheueux semez de tant d'appas,
le insi que vostre cœur, ont-ils lié vos bras ?

TERSANDRE.

cor moins.   LVCIDOR.

Qu'est-ce donc? cette belle farouche
us fait-elle cueillir les roses de sa bouche?

TERSANDRE.

us l'auez deuiné, ie baise quand ie veux
Coral de sa bouche, & l'or de ses cheueux.

ux   LVCIDOR.

elle foy vous croiroit?

TERSANDRE.

Ce n'est point vn mensonge.

LVCIDOR.

-estre qu'en dormant vous la baisez en songe.

TERSANDRE.

non, ie ne dors point, & d'amour transporté,
ais mesme à vos yeux baiser cette beauté.

Ves   LVCIDOR.

es yeux!   TERSANDRE.

mie os yeux, i'en feray la gajeure.

LVCIDOR.

comment la baiser, si ce n'est en peinture?

TERSANDRE.

e l'entens ainsi, la baiser autrement,
ppartient pas à nous.

LVCIDOR.

C'est là mon sentiment;
ce cas ie le quitte, & croy que tout à l'aise

V   C   2.

En ce petit carton voſtre bouche la baiſe:
Mais encor, depuis quand auez-vous ce tableau?
TERSANDRE.
Depuis peu.   LVCIDOR.
Mais de qui?
TERSANDRE.
D'elle-meſme.
LVCIDOR.
Ha ! tout beau.
TERSANDRE.
Elle m'en a faict don au leuer de l'Aurore.
LVCIDOR.
Voyez-vous ſi matin ce Soleil qu'on adore.
TERSANDRE.
Dans ſa chambre par fois i'entre auecque le iour,
Et voy leuer du lit ce bel Aſtre d'Amour.
LVCIDOR.
Ha! vous en dites trop, pour acquerir creance,
Et ne pas en fureur tourner ma patiance.
Certes vos vanitez, paſſent iuſqu'à l'excez.
TERSANDRE.
On permet de crier à qui perd ſon procez.
LVCIDOR.
Moy ie perdrois le mien? mais Florinde s'auance,
Et pourroit contre moy prendre voſtre deffenſe.
Dans vne heure au plus tard ie ſeray ſeul icy.
TERSANDRE.
Et pour voſtre mal-heur i'y ſeray ſeul auſſi.

SCENE SEPTIE'ME.
FLORINDE, TERSANDRE.
TERSANDRE.
A Dorable beauté, pour moy ſeul inhumaine,
Dãs les lieux où ie ſuis, quel ſuiet vous ame

FL

FLORINDE.

Y viens pour m'esclaircir d'vn doute seulement ?
On dit que vous auez, perdu le iugement?
Et que dans vos discours,dont ie suis si touchée,
La plus fille de bien passe pour débauchée.
Que vostre médisance est seule égale à soy,
Et que vous n'espargnez, ny Clorise, ny moy.
Ie sçay bien qu'vn excez d'aueugle ialousie,
De tant de faux soubçons rend vostre ame saisie,
Que peut-estre au rapport de vos sens abusez,
Les filles que ie voy sont garçons dégnisez:
Mais que vostre folie à ce poinct fust venuë,
Que de parler de moy comme d'vne perduë,
Qui me l'auroit predit,fut-ce vn esprit diuin,
Auroit passé chez moy pour vn mauuais Deuin,
Et n'estoit que ie suis plus sage que vous n'estes,
Tous mes proches sçauroient l'affront que vous me
    faites;
Et pas vn ne seroit insensible à ce coup.

TERSANDRE.

I'ay peu dit à Clorise,elle en a dit beaucoup,
Mais vous arrestez-vous à des contes friuoles?
Le vent, auec la poudre emporte ses parolles.
Plaise au Ciel seulement qu'on ne vous blame pas
De porter des liens honteux à vos appas.

FLORINDE.

Puis qu'vn indigne Obiet de liberté me priue,
Cessez d'estre en m'aymant captif d'vne Captiue,
D'esperer guerison de qui meurt en langueur,
Et d'aymer tant vn corps dont vn autre a le cœur.

TERSANDRE.

Doit-il le posseder-il est vain iusqu'à dire
Que ce n'est que pour luy que vostre cœur soûpire,
Et qu'enfin.

FLORINDE.
Pourſuiueʒ,

TERSANDRE.
Que ſelon ſon deſir,
Cheʒ vne Reuendeuſe il vous voit à loiſir,
Ayant de voſtre amour tous les iours quelque ga[g]

FLORINDE.
Luy faire ce menſonge !

TERSANDRE.
Il fait bien dauantage,
Il monſtre vos faueurs, mais ie n'ay pû ſouffri[r]
Que iuſques à mes yeux il oʒaſt les offrir.
Ma main a de la ſienne auecque violence,
Arrachant ce portraiɛt, puny ſon inſolence.

FLORINDE.
Où donc l'a-t'il treuué ? de qui l'a-t'il receu ?
Il l'a fait quelque part tirer à mon deceu :
Mais redonnez-le moy, de crainte qu'à ma honte
Quelqu'vn vous le voyant n'en faſſe vn mau[uais]
conte.

TERSANDRE.
Mes yeux l'admireront, mon cœur l'adorera,
Mais, fors moy ſeulement, aucun ne le verra.

FLORINDE.
Quoy vous me refuſeʒ ?

TERSANDRE.
Dieu quelle eſt voſtre enuie !
Demandez-moy pluſtoſt iuſqu'à ma propre vi[e]

FLORINDE.
Gardez-bien le portraiɛt, mais croyez deſorma[is]
Que pour l'Original vous ne l'aurez iamais.

TERSANDRE.
Aucun ne l'aura donc, que deuant cette eſpée
Ne ſe voye en ſon ſang iuſqu'aux gardes trempé

AC

ACTE III,
SCENE PREMIERE.
FLORINDE, seule.

Oncques de mes faueurs l'Insolent s'est vanté!
Ha! ie ne puis souffrir ce trait de vanité,
Ie veux estre vangée, & monstrer à ce Traistre
Que mon amour est mort pour ne iamais renaistre;
Pour ne iamais renaistre! ha! ie m'en vante à tort,
Vn amour si parfaict renaist dés qu'il est mort!
Dans mon cœur ie le sens qui desia resuscite,
Et pour l'en empescher ma force est trop petite:
Mais si nostre raison n'a rien d'assez puissant,
Pour estouffer en nous ce Monstre renaissant,
En mourant dans ces fers au moins trouuons l'vsage
De porter la franchise & la ioye au visage;
Dissimulons enfin nostre honteux regret,
Et ne souspirons plus, si ce n'est en secret,
Moy souspirer pour luy! moy l'estimer encore!
Non non, ie me méprens, ie le hay, ie l'abhorre;
I'ay recouuré la veuë, & changé tout soudain,
Vne si grande estime en vn plus grand dédain.
Mais Ragonde en ces lieux arriue en diligence.

SCENE DEVXIEME.

FLORINDE. RAGONDE.

RAGONDE.

VN Malade d'Amour fans efpoir d'allegeance
Lucidor, ce Refveur qui dort moins qu'vn L-
    tin,
Vous attendant au Temple a paffé le matin,
Et dans ce mot d'efcrit vous dépeint fon martyre.

Ragon-
de luy
apporte
vne let-
tre de
Lucidor.

FLORINDE.

Quoy, le Fourbe qu'il eft, ofe encore m'efcrire?
Reportez-luy fa lettre, & luy faites fçauoir,
Que iamais de fa part ie n'en veux receuoir;
Il monftre mes faueurs, il en prend aduantage,
Et i'en ay de Terfandre vn certain témoignage;

RAGONDE.

O le plaifant témoin qu'vn Riual fi ialous!
Il a des vifions, il eft au rang des fous:
Vous le dites vous-mefme, & fon extrauagance
Ne fe peut comparer qu'à fa feule arrogance:
Il fe vante en Gafcon, fe marche en Efpagnol,
Et penfe que le Ciel eft trop bas pour fon vol;
Il enrage de voir fon amour maltraittée,
Son tymbre en eft feflé, fa ceruelle euentée,
Et tantoft vn caprice hors de comparaifon
L'a fait fans me cognoiftre heurter à ma maifon;
Il ma chanté goguette, & fans aucune caufe
Il luy fembloit à voir que i'eftois quelque chofe;
Mais le refte à loifir fe pourra mieux conter;
Madame cependant ceffez de l'écouter;

Il eſt fou, mais meſchant, & menteur au poſſible.
FLORINDE.
Que dit-il dont ie n'aye vne preuue viſible ?
Apres auoir d'abord arraché de ſa main,
Mon portraict, dont ce traiſtre oſoit faire le vain ;
Me l'a-il pas fait voir ? pouuez-vous le deffendre ?
RAGONDE.
Ne le condamnez pas, auant que de l'entendre ;
Peut-eſtre ſon mal-heur a perdu le portrait,
Et l'autre le treuuant vous a ioüé d'vn trait.
FLORINDE.
Quoy qu'il en ſoit, Ragonde, il a fait vne offenſe ;
Sinon de vanité, du moins de negligence ;
Folle donc qui s'y fie, & qui ne connoit bien,
Que de tous les Amants le meilleur ne vaut rien ?
Ie ſçay leurs vanitez, ie ſçay leurs médiſances ;
Ie prends pour trahiſons toutes leurs complaiſances ;
Et c'eſt mon ſentiment qu'il n'eſt rien de ſi doux,
Que de n'auoir iamais ny d'Amant ny d'Eſpoux.
RAGONDE.
Mais encor.
FLORINDE.
Briſons là ; tout ce que ie ſouhaite
N'eſt que de me vanger pour mourir ſatisfaite,
Ne l'excuſez donc point, & courez le trouuer,
Ce meſchant qui du Ciel doit la foudre eſprouuer ;
Il a de mes faueurs, allez, faites en ſorte,
De l'amener ce ſoir, & qu'il me les rapporte.
RAGONDE.
Madame,
FLORINDE.
Ie le veux,
RAGONDE.
I'y vay donc de ce pas.

FLORINDE.
Mais dites-luy qu'il vienne, & qu'il n'y manque pa...

RAGONDE.
C'est assez dit.

FLORINDE.
Sur tout vous luy ferez promettre
Qu'il me rapportera iusqu'à la moindre lettre,
Ie veux rompre auec luy pour ne plus renoüer.

RAGONDE.
Vostre colere est grande, il le faut aduoüer.

FLORINDE.
Sa faute l'est bien plus, mais Dieu ! voicy ma Mere
Reserrez cette lettre, euitez sa colere.

RAGONDE.
Ie sçauray dans le nid remettre ce poulet,
Et craignant son courroux filer doux comme laict.

SCENE TROISIESME.

OLYMPE, FLORINDE, RAGONDE.

OLYMPE.

Ainsi donc à toute heure il faut que ie descende
Pour voir ce que chez moy cette femme de-
mande :
Quoy deux fois en vn iour nous venir visiter ?

RAGONDE.
I'auois tantost, Madame, oublié d'apporter
Des perles que voicy, blanches, rondes, polies,
Et que par l'artifice on n'a point embellies.

OLYMPE.
Est-ce le seul sujet qui vous conduit icy ?

RAGON

RAGONDE.

J'ay bien quelques bijoux à vous monſtrer auſſi.

OLYMPE.

Et vous n'apportez point parmy ces bagatelles,
De ces petits poulets qui cajollent les belles ?

RAGONDE.

Qu'entendez-vous par là ? pour qui me prenez-
   vous ?
Moy donner des poulets en monſtrant des bijoux !
Qu'vne femme de bien eſt ſouuent ſoupçonnée !

OLYMPE.

Ne vous y ioüez pas, vous ſeriez mal-menée ;
Mais combien en vn mot, vendrez-vous ces deux,
   rangs ?

RAGONDE.

Pas vne maille moins de ſeize mille francs.

OLYMPE.

Ie ne vous puis qu'offrir, cette ſomme eſt trop grande.

RAGONDE.

Ie les ay refuſez, ou iamais ie n'en vende.

OLYMPE.

Ne les pourrois-ie point auoir pour la moitié ?

RAGONDE.

Bien moins pour ce prix là, que pour voſtre amitié;
Il faudroit ſur ma foy qu'on les euſt deſrobées,

OLYMPE.

Comment entre les mains vous ſont elles tombées !

RAGONDE.

Pourquoy dire comment ? cela m'eſt deffendu;
Il ſuffit que ie liure ; apres que i'ay vendu.

OLYMPE.

L'eau ne m'en deſplaiſt pas.

RAGONDE.

          Nulle autre n'en approche;
               Voyez.

Voyez il ne faut pas achepter chat en poche ?
Regardez-les par tout ; c'est vn marché donné ;
Mais quoy, ie ne vends rien, ie n'ay pas estrené ;
Et ne laisse à si peu si belle marchandise :
Que pour auoir l'honneur de vostre chalandise ,
Madame , ce collier , foy de femme de bien ,
Vaut entre deux amis , vingt mille francs, ou rien ;
Ie ne surfait iamais, hé bien ! vous duisent elles ?
Si vous en acheptez, prenez-en d'aussi belles ;
Qui choisit prend le pire , & qui barguigne tant
En a tousiours plus cher.

OLYMPE.

              Ie paye argent contant.

RAGONDE.

On ne fait plus credit dequoy que l'on achepte ;
Sinon depuis la main iusques à la pochette ;
Qui preste maintenant n'est pas fin à demy ;
Et souuent d'vn Intime ; il fait vn ennemy ;
Maudy soit le premier qui presta sur la mine ;
Viue l'argent contant , il porte medecine :
Chez moy credit est mort , & l'on n'ignore pas,
Que de mauuais payeurs ont causé son trépas.

OLYMPE.

Ie vous veux bien payer , mais c'est chose certaine,
Que ce collier n'est point tout ce qui vous amcine,
Vous ne le mettez pas à raisonnable prix ,
La peur en me parlant agite vos esprits ;
Vostre teint a changé quand ie me suis monstrée ,
Et ie vous tiens enfin , vne femme attiltrée ;
Vous subornez ma fille, & contre mon dessein,
Luy soufflés par l'oreille vn poison dans le sein.

RAGONDE.

O Dieu ! qui vid iamais femme plus soupçonneuse !
Quoy? ie passe chez vous pour vne suborneuse,

suis femme d'honneur, i'en leuerois la main.
OLYMPE.
deurois la leuer, & vous punir soudain ;
ne sçay qui me tient.
RAGONDE, seule.
                    Ie l'ay belle eschappée,
Mais ie veux bien mourir si i'y suis r'attrappée ;
n'ay membre sur moy qui de peur n'ayt tremblé,
Et mon esprit encore en est comme troublé ;
D'vne telle frayeur taschons à nous remettre,
ourons chez Lucidor, redonnons-luy sa lettre.
Mais, qui vois-ie arriuer ?

SCENE QVATRIESME.

RAGONDE, BERONTE.

BERONTE.

IE suis vn vray longis,
D'estre encore à courir iusqu'à vostre logis ;
Mais i'allois pour m'y rendre, afin d'obtenir grace,
Et puis auecque vous trinquer à pleine tasse.
RAGONDE.
N'y viens pas, si d'abord tu n'en veux à mon gré
Conter à reculons iusqu'au dernier degré :
Oses-tu bien encor, Monstre de médisance,
Apres vn tel affront paroistre en ma presence ?
Deuant ce Fanfaron, deuant ce Fierabras,
Qu'à peine ie connois, qui ne me connoit pas :
Me traiter de gaillarde ! & conter des sornettes,
A te faire au derriere attacher des sonnettes ;

I'en creuë en mes panneaux, oüy cét indigne tour,
Me fait enfler le sein auſſi gros qu'vn tambour :
Mais ie ſçauray te rendre iniure pour iniure,
Adieu garde ton dos de mauuaiſe auanture.

BERONTE, ſeul.

Le feu de ſon courroux, tant ſoit-il vehement,
Dans vn peu de piot s'eſteint facilement :
Auſſi pour l'en coiffer ie m'en irois la ſuiure,
N'eſtoit que ie ne ſçay ſi ie ne ſuis point yure :
I'ay trinqué trop de fois d'vn certain vin nouueau,
Qui fait tinter l'oreille, & tourner le cerueau :
Ce portrait merueilleux, & treuué par merueille,
Tout iuſques au goulet a remply ma bouteille :
I'en ay tiré la piece, & peut-eſtre ſans luy,
I'aurois couru danger de ieûſner auiourd'huy,
Mais ſont-ce pas vrayment des eſprits d'impoſture,
Qui diſent que le vin conforte la Nature :
Et que pour ſouſtenir le corps vn iour entier,
Il ſuffit le matin d'vn bon demi ſetier :
I'en ay beu plus de quarte, & ſi quoy que ie faſſe,
A peine ſans broncher, ie puis changer de place,
Ie chancelle, & ie crois que celuy n'eſt pas fin,
Qui pour marcher plus ferme a fait iambes de vin.
Cependant, ô mal-heur ! ſi ie ne prens courage,
Ce grand Coupe-iaret viendra me faire outrage.
Fuyons, mais ie ne puis faire vn pas maintenant,
Ce vin n'eſt gueres fort, il n'eſt pas ſouſtenant,
Ie tombe, ie ſuis pris.

SCENE

SCENE CINQVIESME.

TERSANDRE, BERONTE.

TERSANDRE.

ENfin ie te retreuue
de ce bras vangeur tu vas faire l'espreuue;
y ie te tiens, perfide, & tu m'esclairciras,
de cent coups d'espée à l'instant tu mourras,
le, qui t'a donné ce portrait adorable?

BERONTE.

hazard.

TERSANDRE.

Le hazard! qui t'a donc, miserable,
feindre qu'elle mesme auoit mis en tes mains
ouurage à charmer tous les yeux des humains?

BERONTE.

faim.

TERSANDRE.

Comment la faim?

BERONTE.

N'ayant plus de quoy frire,
tasché d'en r'auoir.

TERSANDRE.

Qu'est-ce que tu veux dire?

BERONTE.

trouué son portrait, ie ne la connois pas.

TERSANDRE.

ais chez la Reuendeuse elle a porté ses pas,
uec vn Vergalant.

BERON

BERONTE.

C'est chose que i'ay veuë.

TERSANDRE.

Hé ! de quelle façon estoit-elle vestuë ?

BERONTE.

Rauy de ses appas, Monsieur, i'ay seulement
Contemplé le visage, & non l'habillement.

TERSANDRE.

Qu'est-cecy ?

BERONTE.

Toutesfois cette ieune merueille
Auoit, comme ie crois, le bouquet sur l'oreille,
Sans doute elle est à vendre.

TERSANDRE.

Elle n'en met iamais,
Ne sçais-tu rien de plus.

BERONTE.

Non, ie vous le promets,
Si ce n'est que mon nez m'a dit entre autre chose,
Qu'elle porte des gans qui sentent comme rose.

TERSANDRE.

Tu la prens pour vne autre, elle craint les senteurs,
Et dés-là ie te tiens le plus grand des menteurs ;
Mais plus ie te regarde, & plus ie m'imagine,
Qu'en toy, ie vois paroistre & le port & la mine,
D'vn assez bon valet, qui par legereté,
Depuis desia long-temps malgré moy m'a quité,
Les transports où i'estois par ton faux tesmoignage
M'ont tantost empesché d'obseruer ton visage :
Ie t'ay veu sans te voir, mais tu m'ostes d'erreur,
Et chasses loin de moy cette aueugle fureur.
Enfin ie vois Beronte.

BERONTE.

Hé Dieu ! vois-ie Tersandre ?

Qu'

Quoy mon Maistre est-ce vous? on m'auoit fait entendre,
Que vous auiez en Greve esté roüé tout vif.
TERSANDRE.
rtes tu n'es pas moins credule que naif.
BERONTE.
n a donc pris pour vous quelqu'vn qui vous ref-
semble;
pendant est-il vray que le fort nous r'assemble.
a voix vous a grossi, le poil vous est venu,
bien qu'en vous voyant ie vous ay mesconnu.
TERSANDRE.
a barbe comme à moy t'estant aussi venuë,
t ton crotesque habit ont fasciné ma veuë:
Mais voicy les iours gras, & possible allois-tu
orter quelque Momon, estant ainsi vestu.
BERONTE.
suis vn peu plus leste à mon accoustumée,
t i'auois vaillamment fait fortune à l'Armée;
üy i'en estois venu vestu comme vn oignon;
Mais de certains Filous, qui me portent guignon,
nt crocheté ma chambre, & pris tout mon bagage.
TERSANDRE.
te plains, mais où donc a paru ton courage?
BERONTE.
Allemagne est tesmoin si ie crains le danger;
quand la Trompette sonne, & qu'il en faut manger,
cours tout des premiers, & porte tout par terre;
ussi Frappe-d'abord estoit mon nom de Guerre.
ans la meslée vn iour treuuant le Papenain,
parus vn Geant, qui combattoit vn Nain;
t mon front fut deslors à l'honneur de la France,
us couuert de Lauriers qu'vn jambon de Mayence.
ue vous diray-ie plus? i'estois dans le festin,

D   Où

Où se fit le complot de tuër le Vvalstin,
Et dés que ce grand traistre eut perdu la lumiere,
On me luy vid donner mille coups par derriere.
TERSANDRE.
Donc apres qu'il fut mort tu luy fis bien du mal ?
BERONTE.
Aux Trigaux comme luy mon courage est fatal.
TERSANDRE.
Tes discours autrefois marquoient quelque prudence
Mais tu ne parles plus qu'auec extrauagance.
BERONTE.
Ces Filous en sont cause ils m'ont éceruelé,
Et tout mon pauure esprit s'en est tantost allé,
Par trois ou quatre trous qu'ils m'ont faits à la teste
TERSANDRE.
Ie les quitterois-là.
BERONTE.
                 C'est à quoy ie m'appreste,
Ie n'ay que trop seruy ces trois Diables d'Enfer,
Le Balafré, le Borgne, auec le Bras-de-fer :
Mais qui vous rend chagrin ? si mon œil ne vous
    trouble,
Ie suis plus gay que vous, moy qui n'ay pas le double
TERSANDRE.
Ie n'ay iamais de rien fait secret auec toy,
Ie suis dans vn mal-heur seul comparable à soy.
I'ayme.
BERONTE.
    Hé bien ! vous aymez, c'est chose assez commun
TERSANDRE.
Mais on ne m'ayme point, vn Riual m'importune,
Et nul effort secret de mes inuentions,
Ne le peut destourner de ses pretentions.
Nous auons eu parole, & quoy qu'il m'en aduienne

m'en vay mesurer mon espée à la sienne,
BERONTE.
...uruen que grand de cœur, & souple de jaret,
...us fassiez à l'espée aussi bien qu'au fleuret,
Quelqu'adroit qu'il puisse estre, il en aura dãs l'aisle
Mais de vos differens au moins la cause est belle.
TERSANDRE.
...lle, à n'auoir rien veu de si beau sous les Cieux.
BERONTE.
...a beauté vaut beaucoup, mais l'argent vaut bien
...n a-t'elle ?   [mieux.
TERSANDRE.
Son pere estoit vn homme chiche,
...qui dans les partis, comme vn Iuif s'est fait riche.
BERONTE.
...mment l'appellez-vous ?
TERSANDRE,
Almir.
BERONTE.
Quoy ? ce Maraut,
...ui seul a fait monter le vin à prix si haut ?
...uoy ce Monopoleur, dont l'art diabolique
...retranché le quart de la liqueur Bachique ?
...iour, si des talons il n'eust esté dispos,
...ppellant Maltotier, voleur, Rogneur de pots,
...t benueurs l'alloient pendre auec vne bouteille,
...ur auoir mis impost sur le ius de la Treille.
TERSANDRE.
...nmu...y-toy.
BERONTE.
C'est vn secret que ie ne puis celer,
...e iuste douleur me force de parler.
...ne bois presque plus que vinaigre & qu'absinthe,
...ienn... simple ripopé vaut cinq & six sous pinte.

D 2   Enfin

Enfin il-est si cher, que qui n'a bien dequoy,
Souuent auec sa soif se couche comme moy.

TERSANDRE.

C'est trop.

BERONTE.

Vostre Riual est-il plus honneste homme
Apprenons ce qu'il est, & comment il se nomme?

TERSANDRE.

Son nom est Lucidor.

BERONTE.

         Quoy luy vostre Riual ?
Ie crains, non sans raison, qu'il ne vous traite mal :
Ie connois sa valeur, c'estoit mon Capitaine,
Quand sur les bords du Rhin i'ay souffert tant de
     peine :
Mais enfin auec luy, ie m'y suis signalé,
Nous auons veu Galas, & l'auons bien galé.

TERSANDRE.

Est-il donc si vaillant ?

BERONTE.

         Mes yeux l'ont veu combatre
Et contre l'ennemy faire le diable à quatre :
I'estime ce Guerrier, mais ie ne l'ayme pas ;
Et ie voudrois desia qu'il eust passé le pas,
Il m'a traité cent fois auec ignominie ,
Et mis honteusement hors de sa compagnie.

TERSANDRE.

Hé ! la raison ?

BERONTE.

         Vn iour il creut prendre sans vert.
Ce brusleur de Maisons , ce fameux Iean de Vvert,
Mais nous perdismes temps, & peine à le poursuiure
Il s'eschappa de nous encore qu'il fut yvre.

TERSANDRE.
Hé ! comment fut-il donc ?

BERONTE.
Disons tout auiourd'huy ?
C'est que mes compagnons estoient plus saouls que
luy ;
Et qu'estant estourdis d'auoir trop fait desbauche,
Ils le suiuoient à droit, lors qu'il fuyoit à gauche.
Lucidor, que sa fuite auoit mis hors de soy,
Me treuuant deschargea sa colere sur moy ;
Me traita d'euenté, de poltron & d'yurongne,
Et me chassa d'abord, me donnant sur la trogne !
Ie veux donc contre luy vous seruir au besoin ;
Battez-vous hardiment, ie seray dans vn coin,
Et si tost que de là ie verray son courage,
Estre prest d'emporter sur le vostre aduantage ;
Ie viendray finement d'vn coup d'estramaçon,
Pour fendre iusqu'aux dents vn si mauuais garçon.

TERSANDRE.
Ainsi tu vangeras ta querelle & la mienne.
Ie viens l'attendre icy.

BERONTE.
J'enrage qu'il n'y vienne,
Son trepas est certain, nous auons bien tous deux,
Fait ensemble autresfois des coups plus hazardeux ;
Combien ayant pour vous ma valeur occupée,
Ay-ie vsé de mouchoirs essuyant mon espée ?
I'apprendra dans peu, ce Fendeur de nazeaux,
Si ie sçay degaisner & ioüer des cousteaux.

TERSANDRE.
Le voicy, cache toy, mais retiens ta colere ;
Et ne te monstre point qu'il ne soit necessaire.

Beronte
se cache.

TE   D 3   SCENE

SCENE SIXIE'ME.

LVCIDOR, TERSANDRE, BERONTE.

TERSANDRE.

Enfin vous le voulez, le sort en est ietté,
Mais n'est-ce pas folie ou plûtost lascheté,
Que de se battre ainsi pour vne ame inconstante
Et qui honteusement a trahy vostre attente?
Reprenez vos esprits, n'aymez plus qui vous hait
Et laissez-moy ioüyr du bien qu'elle m'a fait.

LVCIDOR.

Quoy, Florinde én vos mains a remis sa peinture?
Il ne se dit iamais de pareille imposture.
Tirez, tirez l'espée, & sans plus discourir,
Songez à vous deffendre, ou plûtost à mourir?
Si vous ne me rendez vne chose si belle,

TERSANDRE.

Pour la derniere fois iette les yeux sur elle.
La voila.

LVCIDOR.

Ie seray bien-tost victorieux.
Quoy que vous m'ayez mis le Soleil dans les yeux

TERSANDRE.

Qui vous?

LVCIDOR.

N'en doutez point, ouy selon mon em
Vous rendrez le portrait, ou vous mourrez,

TERSANDRE.

LVCIDOR.
Hé bien, ie vous la laisse, & voſtre eſpée encor,
Il ſuffit que i'emporte vn ſi rare treſor.

TERSANDRE.
Toy qui les bras croiſez nous as regardé faire,
Homme le plus poltron que le Soleil eſclaire,
Pourquoy, laſche, pourquoy quand il m'a terraſſé
N'as-tu pas dans ſes reins vn poignard enfoncé?
Reſponds? mais dans ce coin il dort ou ie m'abuſe.
Holà-hô?

BERONTE.
Qui va-là? i'y ſuis; mon harquebuſe?
Où ſont les ennemis? courons faut-il donner?
Vous verrez ſi iamais on peut mieux aſſener.

TERSANDRE.
Eſt-ce ainſi ſac à vin que l'on tient ſa promeſſe.

BERONTE.
Ha! pardon, ie reſuois, i'ay tort, ie le confeſſe;
Mais vos dons en ſont cauſe, ouy voſtre quart-d'eſcu
A fait que i'ay tantoſt mis bouteille ſur cû;
Ce n'eſtoit que ginguet, & pourtant ſes fumées,
Ont inſenſiblement mes paupieres fermées.

TERSANDRE.
Cependant mal-heureux, il m'a tout emporté.

BERONTE.
Vous auriez eu beſoin de ce bras indompté,
Ie vous l'auois bien dit qu'il alloit à la charge,
Et vous en donneroit & du long & du large;
Que ne m'eſueilliez-vous? ie veux eſtre berné
Si ce ne ſeroit fait de ce Diable incarné.

TERSANDRE.
Suis-moy, traiſtre, ſuis-moy.

BERONTE.
Dieu! prenez ma deffenſe.

TERSANDRE.

Mille coups de baſtons puniront ton offence.

SCENE SEPTIESME,

LE BALAFRE', LE BRAS-DE-FER, LE BORGNE.

LE BALAFRE'.

Courons apres ces gens, il eſt nuict autant vaut

LE BRAS-DE-FER.

Que profiterons-nous à les prendre d'aſſaut ?
Au Diable ſoit donné le lange qui les couure,
Puis ils hurtent là-bas, & voila qu'on leur ouure.

LE BORGNE.

Ils rodent en pourpoint ſans lumiere & ſans train,

LE BALAFRE'.

Les manteaux en hyuer craignent fort le ſerain,
Et leurs Maiſtres le ſoir les laiſſant dans la chambre
Comme au chaud de Iuillet vôt au froid de Decembre
Mais l'vn de ces deux-là, ſi mon œil n'eſt trompé,
Eſt noſtre Receleur de nos mains eſchappé,
Attendons-le au retour pour luy donner atteinte,

LE BORGNE.

Mais s'il nous apperçoit il fremira de crainte,
Et fut-il Cû-de-jatte, en ce meſme moment,
Il treuuera des pieds, & fuyra promptement.

LE BRAS-DE-FER.

Cachons-nous donc tous trois, & s'il ſort ſans eſcorte
Battons-le iuſqu'à tant que le Diable l'emporte.

ACTE

ACTE IV.

SCENE PREMIERE.

RAGONDE.

Dieu, qu'est-ce que ie voy ? n'allons pas plus
    auant,
De peur de ce Filou, tapy sous cet auuent,
Mais vn autre plus loin s'offre encore à ma veuë,
Ils sont deux, ils sont trois, c'est fait, ie suis perduë,
Où fuiray-ie ? le cœur me bat comme vn claquet,
Et s'ils m'apperceuoient, ie serois bien du guet.
Heurtons viste, r'entrons.

Les Filous paroissent.

Elle heurte chez Lucidor, d'où elle vient de sortir.

SCENE SECONDE.

LVCIDOR, RAGONDE.

LVCIDOR.

Qu'est-ce qui te r'ameine ?

RAGONDE.

LVCIDOR.

Qu'as-tu donc ?

RAGONDE.

Trois grands Tireurs de-laine,

Sont au guet à cette heure, & iettent dans ces lieux,
La main sur les passans aussi-tost que les yeux;
Ie les viens d'entreuoir, & prenant l'espouuante,
Aussi-tost i'ay heurté plus morte que viuante;
Mais ils sont disparus, & ie cours à l'instant,
Treuuer à petit bruit Florinde qui m'attend,
Pour r'auoir ses faueurs qu'elle vous redemande,

LVCIDOR

S'est-il iamais commis d'iniustice plus grande?
Qu'ay-ie dit? qu'ay-ie fait? ha malgré son desir,
Ie les conserueray iusqu'au dernier soûpir,
Et quand mesme la mort aura finy mon terme,
Sous la tombe auec moy ie veux qu'on les enferme.

RAGONDE

C'est-là qu'elles seront en lieu de seureté,

LVCIDOR

Vouloir m'oster ainsi ce qui m'a tant cousté!
Non, non Ragonde non, retourne-t'en luy dire,
Qu'elle n'obtiendra rien de ce qu'elle desire,

RAGONDE

Ie crains que ce refus n'irrite son courroux.

LVCIDOR

S'il m'estoit plus cruel, il me seroit plus doux,
Qu'il m'arrache la vie, & ie luy rendray grace.

RAGONDE

Est-il transport d'amour qui le vostre surpasse?
Mais c'est trop m'amuser.

LVCIDOR

                    Que dira t'elle, helas?

Reuien,

RAGONDE

Que voulez-vous?

LVCIDOR

Rien, rien, poursuy tes pas,

RAGON

RAGONDE.
Adieu donc.

LVCIDOR.
Toutesfois, encore vne parolle.
A quoy me resoudray-ie ?

RAGONDE.
O demande friuole !
Il luy faut obeyr.

LVCIDOR.
O trop iniuste sort !
Faut-il que ce portrait soit cause de ma mort ?
Clorise la perdu par trop de negligence,
Et cependant moy seul i'en fais la penitence,
Sa faute, & mon mal-heur ne peuuent s'esgaler.

RAGONDE.
Vostre bouche a promis de iamais n'en parler,
Mais vous estes Norman, vous pouuez vous dedire.

LVCIDOR.
Ha ! ne te raille point, il n'est pas temps de rire.

RAGONDE.
Que vous estes Niais de vous taire auiourd'huy,
Quand on punit en vous la sottise d'autruy,
Que dira le pays où vous pristes naissance ?
Luy qui se fait nommer pays de sapience ?
Iamais à son dommage on n'y garde sa foy,
Et c'est estre peu fin que d'agir contre soy.

LVCIDOR.
Tu me donnois tantost des conseils bien contraires.

RAGONDE.
Il faut nouueaux conseils à nouuelles affaires,
Ie ne deuinois pas ce qui vient d'arriuer,
Mais Florinde parest, allons tost la trouuer.

                              SCENE

SCENE TROISIEME.

LVCIDOR, FLORINDE, CLORISE, RAGONDE.

LVCIDOR.

Puis-je bien me resoudre à cette perfidie?
Amour inspire moy ce qu'il faut que ie die,
Ie viens pour obeyr à vos commandemens,
Vous rendre ce qui fait tous mes contentemens!
Mais du moins, ô merueille! à mes yeux adorable,
Apprenez moy, de grace, en quoy ie suis coupable.

FLORINDE.

Quoy vostre vanité, temeraire, indiscret,
N'a pas dit que souuent ie vous parle en secret,
Et n'a iamais monstré mon portraict à personne?

LVCIDOR.

Non, ou que pour iamais Florinde m'abandonne.

FLORINDE.

Tersandre ne l'a pas arraché de vos mains?

LVCIDOR.

Tersandre peut-il seul plus que tous les humains?

FLORINDE.

Il a sceu toutesfois vous contraindre à le rendre.

LVCIDOR.

Ce que ie n'auois pas, pouuoit-il me le prendre?
Helas!

FLORINDE.

Expliquez-vous, sans faire l'estonné.
De ma part ce matin vous l'a t'on pas donné?
Quoy, vous ne l'auiez pas? qu'en dites-vous Clorise?

Vous changez de visage, & paroissez surprise,
D'où vient ce changement? parlez.
CLORISE.
Madame.
FLORINDE.
Hé bien,
Vous en demeurez-là! vous ne dites plus rien,
RAGONDE.
Qui ne prendroit cecy pour vne Comedie?
CLORISE.
Dieu comme on me trahit! Dieu, quelle perfidie!
RAGONDE.
La mesche est descouuerte, implorez sa mercy.
FLORINDE.
Ie ne la veux plus voir, qu'elle sorte d'icy.
Ou que de mon portraict elle me rende conte.
CLORISE.
Ce conte peut-il bien se rendre qu'à ma honte?
Il est vray, Lucidor ne l'a iamais tenu:
Mais ie vous ay caché le malheur aduenu;
Ie l'ay perdu, Madame, & n'ozant vous le dire,
Mon silence a causé vostre commun martyre.
FLORINDE.
Dieu! que me dites-vous?
CLORISE.
Ie vous parle sans fard.
FLORINDE.
Tersandre l'auoit donc rencontré par hazard?
LVCIDOR.
Il est ainsi, Madame, & i'ay sceu par les armes
Arracher de sa main ce miracle de charmes:
Plus que sa propre vie il feignoit le cherir,
Mais il a mieux aymé le rendre que mourir.

FLO.

FLORINDE.

De quelle ancre assez noire est digne d'estre escrite
La malice qui regne en cette ame hypocrite?
Il est esgalement, & meschant, & jaloux.

LVCIDOR.

Cependant on vous force à l'auoir pour Espoux;
Mais à la violence opposons la finesse,
Ne peut-on surmonter la force par l'adresse?
Si vous m'aimez,

FLORINDE.

Quel si! pouuez-vous en douter?

LVCIDOR.

A la faueur de l'ombre il nous faut absenter,
L'Amour garde par tout ceux qui luy sont fidelles,
Et pour nous enfuir il nous offre ses aisles;

FLORINDE.

Cette offre auec honneur se peut-elle accepter?

LVCIDOR.

En ce pressant besoin doit-on la reietter?
Sauuez-vous, sauuez-moy,

FLORINDE.

Sauuez ma renommée,
Voulez-vous pour iamais me rendre diffamée?
Ha! vous ne m'aimez point,

LVCIDOR.

Ha! si vous pouuiez voir,
Ces Esprits qui me font & parler & mouuoir,
Vous verriez vostre image au plus beau de mon ame,
Et seriés esblouye, à l'éclat de ma flâme.

FLORINDE.

La mienne n'est pas moindre, & mon contentement
Seroit d'estre auec vous iusqu'au dernier moment,
Mais vous suiure en cent lieux comme vne vagabon-
de!

Que

Que diroit-on de moy ?
LVCIDOR.
Laissez parler le monde,
Et rendez-vous heureuse en me rendant heureux.
FLORINDE.
Mon deuoir me deffend de complaire à vos vœux,
RAGONDE.
Enfin que dira-t'il ? enfin que dira-t'elle ?
Vous empesche d'aller où l'Amour vous appelle
Qu quelque bon Frater, estant peu scrupuleux,
Puisse en Catiminy, vous espouser tous deux,
FLORINDE.
Ferois-ie cet affront à ceux dont ie suis née ?
Ils sçauroient s'en vanger, romproient mon hymenée,
Pesteroient contre moy, retiendroient tout mon bien,
Et iamais nul mal-heur ne fut esgal au mien.
RAGONDE,
Ie croy bien que d'abord quelque Diable en soutane,
Lancera sur vous deux mille traits de Chicane,
Mais contre la Iustice ayant bien regimbé,
Il faudra qu'à la fin ils viennent à jubé,
Iusqu'au dernier teston ils rendront la richesse,
Qu'autres fois vostre pere acquit par son addresse,
A-t'on veu Partizan faire mieux son magot
Il pondoit sur ses œufs & viuoit à gogo,
Vous estes belle au coffre aussi bien qu'au visage,
Et vingt mille escus d'or sont vostre mariage.
Mais quoy ? si vostre Mere vn iour y met la main,
Ces vingt mille Soleils s'éclipseront soudain,
Et n'ayant plus l'éclat dont ils vous font parestre,
Chacun fera semblant de ne vous plus cognoistre,
Quoy que vous soyez belle on vous m'esprisera,
Et nul pour vos beaux yeux ne vous espousera,
Toutesfois ie me trompe, & quand vostre richesse,

Que   *Consiste*

Consisteroit sans plus en l'or de vostre tresse,
Lucidor est fidelle, & si coiffé de vous,
Qu'il feroit vanité de se voir vostre Espoux.
                LVCIDOR.
Vostre seule personne à mon ame ranie,
L'esclat de vos grands biens tente peu mon enuie,
Et si quelque mal-heur vous les auoit ostez,
Ie n'en serois pas moins captif de vos beautez:
Mais il faut l'vn ou l'autre;ou que ie vous enleue,
Ou que de mon Riual l'entreprise s'acheue,
Et qu'on vaye à ma honte, & malgré vos efforts,
Cét orgueilleux Démon posseder ce beau corps.
                FLORINDE.
Quoy luy me posseder!puisse plustost la Foudre
Me frapper à vos yeux & me reduire en poudre,
Il n'a bien n'y vertu qui me puissent tehter,
Et ses soubmissions ne font que m'irriter
Moy sous ses volontez me voir assujettie!
Moy souffrir qu'on m'attache à mon antipathie!
Non,non,ne craignez rien, ie vous tiendray la foy,
Et la mort auant luy triomphera de moy.
                LVCIDOR.
Donc la peur de vous voir à son ioug asseruie,
Arresteroit le cours d'vne si belle vie?
Ie rompray par sa perte vn si sanglant dessein,
Ouy cent coups de poignard luy perceront le sein,
Et si mon action attire vostre blasme,
De ce mesme poignard ie coupperay ma trâme.
                FLORINDE.
Quelle aueugle fureur vous agite auiourd'huy
Iusqu'à le vouloir perdre, & vous perdre apres luy
Chassez loin le desir de ce double homicide,
                LVCIDOR.
Chassez donc loin aussi cette vertu timide

Qui s'effroyant de tout vous retient d'euiter
L'orage qui sur vous est tout prest d'éclatter.

FLORINDE.

A la fin vos raisons ébranlent ma constance,
Et ce n'est plus qu'en vain qu'elle y fait resistance;
Donc à ce qu'il vous plaist ie veux bien consentir,
Et mesme auant le iour me resoudre à partir;
Mais lors que de vous seul estant accompagnée
Ie seray pour iamais de ces lieux esloignée,
Ne me demandez rien contre ce que ie doy,
Monstrez que vous m'aymez moins pour vous que
  pour moy;
Et sans iamais brusler d'vne illicite flâme,
Gardez-bien que le corps ne triomphe de l'ame,
Quoy que ie vous estime, & vous prefere à tous,
I'ayme encor toutesfois mon honneur mieux que vous
Et si vous l'offensez, ie m'osteray la vie.

LVCIDOR.

Quel Demon peut iamais m'en inspirer l'enuie?
Vos seules volontez regleront mes desirs,
Et le bien de vous voir fera tous mes plaisirs.

FLORINDE.

Doncques sur le mi-nuit sans qu'on vous puisse en-
  tendre
A la porte secrette ayez soin de vous rendre;
Mais adieu, quelqu'vn vient.

RAGONDE.

Dieu! ce sont ces Filous,

LVCIDOR.

Ie crains rien.

RAGONDE.

Hé! tout beau, rengainez, sauuons-nous.

B   SCENE

SCENE QVATRIEME.

LE BALAFRE', LE BRAS-DE-FER, LE BORGNE.

LE BALAFRE'.

Qvel bruit chers compagnons a frappé nos oreilles,
Tandis qu'ainfi tous trois nous beyons aux Cor-
neilles,
Ce maudit Receleur pourroit bien battre aux champ
LE BORGNE.
Ce Coquin a bon nez, il prendra mieux fon temps,
Et peut-eftre defia fentant noftre partie,
Il a fait en fecret vn branfle de fortie.
LE BRAS-DE-FER.
Soit icy, foit ailleurs, ie l'attraperay bien,
Et cent coups de bafton ne luy coufteront rien:
Mais ferons-nous encor long-temps le pied de gruë
Attendant chappe-cheute, au coin de cette ruë?
Filer icy, la laine eft vn pauure meftier,
Il ne paffe perfonne en ce maudit quartier,
Mais fi quelqu'vn y vient, il faut qu'on le deftrou
Et s'il a bien dequoy nous en ferons carrouffe.
LE BALAFRE'.
Ie ne treuue rien tel que nager en grand'eau,
Volons, vne maifon, & non pas vn manteau,
Changeons la bierre en vin, & la meneftre en bifq
LE BORGNE.
Mais garde le Preuoft,
LE BRAS-DE-FER.
Nous courons peu de rifque,

homme enuironné de Cheualiers errans,
rends les petits voleurs, & laisse aller les grands,
Mais quand il me prendroit? si ma faute est punie,
mourray pour le moins en bonne compagnie.

SCENE CINQVIESME.

BERONTE. LE BORGNE. LE BALAFRE' LE BRAS DE-FER.

LE BORGNE.

llence, Compagnons, quelqu'vn marche là bas.

LE BALAFRE'

quons-le.

LE BORGNE.

Ne bougez, il dresse icy ses pas.

LE BRAS-DE-FER.

nous voit, il s'enfuit, attrapons-le à la course.

LE BALAFRE'

le tiens, peu s'en faut, rends la vie, ou la bourse.

BERONTE.

voilà.

LE BALAFRE'.

Quelle est platte! elle est vuide, es-tu fou?
portes vne bourse, & ny mets pas vn sou,
le manteau.

BERONTE.

Prenez-le,

LE BALAFRE'.

Il ne vaut pas le prendre,
Porter du camelot, il gelle à pierre fendre;
Voila bien se mocquer de l'Hyuer, & de nous.

BERONTE.

Mon Maistre contre moy s'estant mis en courrous,
I'ay happé le taillis, & courant en chat maigre
I'ay pris sans y penser ce manteau de vinaigre.

LE BRAS-DE-FER.

Vrayment la prise est belle, on la doit bien garder,
Mais encore au minois il faut le regarder,
Sa parolle me trompe ou me le fait cognoistre,
Ca la Lanterne, hé bien, le voila pas le traistre,
Qui comme vn honneste homme a fait, courré aprés
    luy,
Halque nous te ferons bonne chere auiourd'huy,
Tu nous a fait cent vols, tu nous a fait cent niches.

BERONTE.

Faites-moy quelque grace, & ie vous feray riches.

LE BORGNE.

Auroit-tu quelque part vn peu d'argent caché?

BERONTE.

Ay-ie gousset ny poche où vous n'ayez cherché?
Non, ie n'ay pas vn sou, mais sçachāt vostre addresse
Ie veux vous enseigner vn monde de richesse,
Voyez-vous ce logis.

LE BALAFRE'.

N'auons-nous pas des yeux?

BERONTE.

Il ne s'y treuue rien qui ne soit precieux,
Personne de deffense à present n'y demeure,
Et faire vn si beau vol est l'ouurage d'vne heure,
Vne femme s'y tient vefue d'vn Partizan,
Qui voloit en vn iour plus que vous en vn an,

Et qui par vn impoſt qu'il mit ſur la vendange,
A fait de ſon logis vn ſecond Pont au Change:
Y peut-on plus de bien l'vn ſur l'autre entaſſer,
Tout s'y treuue d'argent, iuſqu'aux pots à piſſer.

LE BORGNE.

Pour t'eſchapper de nous dis-tu point vne fable?

BERONTE.

Ce ne ſont que treſors ou ie me donne au Diable?

LE BORGNE.

Et ce riche logis eſt de facile accez?

BERONTE.

Nous y pourrons entrer & remplir nos gouſſets,
Il regorge de biens cette veſue fertille,
Pour ſe remarier, de marier ſa fille,
Ce mariage eſt preſt, & c'eſt argent contant.

LE BALAFRE

Hé! de qui tiens-tu donc cet aduis important?

BERONTE.

Ie le tiens d'vne femme auec qui i'ay commerce,
Le meſtier de reuendre eſt celuy qu'elle exerce,
Au deceu de la Veufue, elle y va tous les iours,
Et cognoit de ce lieu les biens & les deſtours:
Quelquesfois ſur la brune auec elle en cachette,
Elle m'y fait entrer par la porte ſecrette,
Ie reçoit d'vne fille habits, nappes & draps,
Et i'en reuiens chargé comme vn cheual de bats,
Or ſi i'en croy mes yeux, cette porte eſt mal ſeure,
Ses verroux ſont mauuais, mauuaiſe eſt ſa ſerrure,
Et de l'ouurir enfin vous viendrez bien à bout.

LE BRAS-DE-FER.

Auecque nos engins nous entrerons par tout.

BERONTE.

Mais elle a pour deffenſe vn effroyable Dogue,

LE BALAFRE'.

Ie sçay pour l'assoupir vne admirable drogue,
Et dont en vn moment, il sentira l'effet.

LE BORGNE.

Puisse mon luminaire estre esteint tout à fait,
Si pour y voler tout ie ne fais l'impossible,
Y d'eussay-je estre pris, & percé comme vn cril

LE BRAS-DE-FER,

Et pour ce Bras-de-fer, puissay-je en auoir deu L
Si ie ne suis encor plus que vous hazardeux,

LE BALAFRE'.

Ie me resous aussi de tenter la fortune,
D'eussay-je en rapporter cent balaffre pour vne
Mais il s'agist de faire, & non de discourir.
Et de penser plustost à viure qu'à mourir.
Que Beronte auec moy vienne donc tout à l'he
Pour prendre ce qu'il faut iusques à sa demeure
Nous y courons ensemble, & dans peu de mome
Nous reuiendrons chargez, de diuers instrume
Nous en apporterons pour limer les ferrures,
Et nous seruir de clefs à toutes les serrures,

LE BRAS-DE-FER.

Allez, & cependant nous boirons prés d'icy,

BERONTE.

Auant nostre retour, nous trinquerons aussi,
Le vin me rend hardy, quand i'ay beu ie fais r

LE BORGNE.

Nous trousserons la pinte & non pas dauant
Et puis à pas de loup nous reuiendrons d'ague
Pour voir qui va? qui vient tous deux faire le

A

ACTE V.

SCENE PREMIERE.

LE BRAS-DE-FER. LE BORGNE.

LE BRAS-DE-FER.

Viennent-ils?

LE BORGNE.

Nullement.

LE BRAS-DE-FER.

Qu'est-ce qui les arreste?

LE BORGNE.

Ils s'amusent peut-estre à trinquer teste à teste,
Ces Engoule-bouteilles, au gozier tout de feu,
Ne sont pas des Mignons qui boiuent pour vn peu,
Et n'ozent de rubis enluminer leurs trognes.

LE BRAS-DE-FER.

Mais ne craignez vous point que ces maistres Yuro-
gnes,
Laissent le iugement au fonds du gobelet,
Et qu'icy iusqu'au iour nous gardions le mulet?

LE BORGNE.

Souuent le Receleur est rond comme vne boule,
Mais pour le Balafré rarement il se saoule:
Il boit, mais sans iamais se barboüiller l'armet,

Le Bor-
gne re-
garde si
les com-
pagnon
ne re-
uiennet
point.

A B 4 Et

Et son ventre est petit pour tout ce qu'il y met;
Ses débauches de vin sont en tout monstrueuses,
Et ie n'asseure pas qu'il n'ait les cuisses creuses.
          LE BRAS-DE-FER.
A ce conte il auroit trois ventres au lieu d'vn,
          LE BORGNE.
Au moins il boit & mange au delà du commun,
N'ayme rien que la table, & n'en sort qu'auec peine
          LE BRAS-DE-FER.
De leur retardement c'est la cause certaine;
Mais on a cent decrets contre ce Balafré,
Et les Archers du Guet, l'on peut estre coffré.
          LE BORGNE.
S'il est pris ie le plains il faudra qu'il en meure,
          LE BRAS-DE-FER,
C'est à faire à passer quelque mauuais quart-d'heure
          LE BORGNE.
Quand nous en venons là nous sommes bien surpris,
Le Bourreau fait trembler les plus fermes esprits;
Et la corde à la main dans les lieux où nous sommes,
Quand cet homme gagé pour massacrer les hommes
Entre, & de par le Roy, s'en vient nous saluer,
Ce funeste salut suffit pour nous tuër;
Il nous rompt au milieu d'vne publique place,
Et le coup de la mort nous est vn coup de grace,
Ce coup est-il receu nos membres tous brisez,
Sur quelque grand chemin demeurent exposez,
Sont l'horreur des passans, la butte des tempestes,
Seruent d'exemple au peuple, & de pasture au bestes;
          LE BRAS-DE-FER
Vous qui n'estant pas moins sçauant qu'irresolu,
Estes deuenu borgne, à force d'auoir leu,
N'auez-vous point appris que ces vaines images,
Ne donnent de l'effroy qu'à de foibles courages?

                                        Apres

Apres que la Iustice à nos ans limitez,
Que nous importe-t'il où nos corps soient iettez?
Qu'ils soient sous des cailloux, où sous des pierreries,
Au milieu des parfums, ou parmy des voiries;
Posez sur des gibets, ou mis en des tombeaux,
Et soient mangez des vers, ou mangez des Corbeaux;
Tout est indifferent, ny loüange, ny blasme,
Ne touchent vn mortel quand il a rendu l'ame;
Et quiconque a du cœur, au lieu de s'estonner,
Regarde d'vn œil sec son destin terminer.

LE BORGNE.

C'est vostre opinion.

LE BRAS-DE-FER.

       Que vostre ame est craintiue!
La mort est tousiours mort, quelque part qu'elle arriue;
Et qui finit ses iours couché bien mollement,
Entre les draps d'vn lict paré superbement,
Ne reuit pas plûtost que qui meurt sur la roüe,
Et mort on n'est pas mieux dans l'or que dans la
    boüe.

LE BORGNE.

On siffle, les voicy.

SCENE DEVXIE'ME.

LE BALAFRE', BERONTE, LE BRAS-DE-FER, LE BORGNE.

LE BRAS-DE-FER.

Doublez, doublez le pas,

Failloit-il si long-temps estre à fripper les plats ?
Dix heures ont frappé.

BERONTE.

Ie crois qu'il en est onze ;
Mais à peine estions-nous prez du Cheual de bronze
Que le Guet a passé tenant deux grands Filous,
Que nos yeux effroyez ont d'abord pris pour vous,
Tant ils vous ressembloient d'habit & de visage.

LE BRAS-DE-FER.

La rencontre est fascheuse & de mauuais presage :
Mais il est desia tard.

LE BORGNE.

Ne parlez pas si haut.

LE BRAS-DE-FER.

Nos engins sont-ils prests ?

BERONTE.

Voicy tout ce qu'il faut,
Crochets, passe-partout, lime sourde, tenaille,
Et tant d'autres outils dont nostre main trauaille :

LE BRAS-DE-FER.

Le mourceau pour ietter en la gueule du chien ,
L'auez-vous apporté ? ne nous manque-t'il rien ?

LE BALAFRE.

Tout est prest.

LE BRAS-DE-FER.

C'est assez, allons, la nuict s'auance.

BERONTE.

I'ay dans la Gibeciere vn outil d'importance,
C'est la main d'vn pendu, dont ie vous feray voir;
En cette occasion l'admirable pouuoir;
Mettant à chaque doigt vne chandelle noire,
Et prononçant dessus quelques mots du Grimoire;
I'ose bien asseurer que ceux qui dormiront,
Ne s'éueilleront pas tant qu'elles brûleront.

LE BORGNE.

Hé! s'ils sont éueill   ?

BERONTE.

Il nous verront tout prendre;
Sans pouuoir ny parler, ny mesme se deffendre.

LE BRAS-DE-FER.

Quel esprit eust iamais plus de credulité?
C'est vn conte de vieille à plaisir inuenté,
Défions-nous tousiours de la force des charmes,
Et ne nous asseurons qu'en celle de nos armes.

BERON

BERONTE.

Mais si par vn mal-heur nous sommes apperceus,
Que faire ?

LE BALAFRE.

On ne doit point consulter là-dessus ;
Il faut que nostre main au carnage occupée ,
Passe indifferemment tout au fil de l'espée.

BERONTE.

Ie ne tueray iamais , si ie n'y suis forcé.

LE BRAS-DE-FER.

La pitié du Barbier est cruelle au blessé ;
Et celle du Voleur est cruelle à luy-mesme,
Et le plonge souuent dans vn mal-heur extreme ;
De nos crimes iamais ne laissons des tesmoins ;
On nous recherche apres auecque trop de soins,
Vn Preuost nous attrappe, & puis vne potence,
Est de nostre pitié la iuste recompense ;
Mais deuois-tu toy-mesme à ce vol nous porter ?
Pour t'éforcer apres de nous en dégouster ;
As-tu cuué ton vin ? n'es-tu point yure encore ?

BERONTE.

Le meurtre me desplaist , c'est chose que i'abhorre,
Desrobons plus de bien , & versons moins de
sang.

LE BALAFRE.

Quoy defia de frayeur vous deuenez tout blanc?

BERONTE,

Plaife au Ciel que ce vol ne nous foit pas funefte.

LE BALAFRE.

Funefte, ou bien-heureux, i'y couche de mon refte,
Et quiconque viendra me faifir au colet,
Se verra faluer d'vn coup de piftolet.
Mais puis que vous tremblez d'vne frayeur fi forte,
Au moins faites le guet aupres de cette porte;
Cependant fans tarder nous entrerons tous trois,
Par celle ou fur le foir vous entrez quelquesfois,
Nous l'ouurirons fans bruit, mais non pas fans lu-
    miere;
Donnez-nous la Lanterne auec la Gibeciere,
De clartez & d'outils noftre addreffe a befoin.

BERONTE.

Seray-ie icy tout feul?

LE BALAFRE.

                        Nous n'en ferons pas loin,
Preftez l'oreille au bruit; faites la fentinelle,
Et fi l'on vous defcouure enfilez la venelle.

BERONTE.

S'il tombe fur mon dos vne grefle de coups.

LE BALAFRE.

Vous n'auez qu'à siffler, & nous viendrons à vous.

BERONTE.

Tandis que vous viendrez, s'il aduient qu'on me tuë.

LE BALAFRE.

Que de vaines frayeurs vostre ame est combatuë ;
Nous serons plus heureux ce mal n'aduiendra point.
Adieu, conseruez bien le moule du pourpoint.

Ils s'en
vont.

BERONTE.

Conseruez bien le vostre, & si l'on vous attrappe,
Et que de ce danger par miracle i'eschappe ;
A quelque question que vous soyez soûmis,
Ayez tousiours bon bec, beuuez à vos amis :
Allez, & que le Ciel rende vaine la crainte,
Qui m'attaque & me porte vne si viue atteinte ;
Il me semble desia que tout ce que ie voy
Se transforme en Sergent, se vient saisir de moy,
Et m'enferme à cent clefs, où desia d'auanture,
I'ay, sans deuotion, trop couché sur la dure :

Lucidor
passe
pour al-
ler enle-
uer Flo-
riude.

Mais où va ce fendant que i'entreuois de loin,
Le manteau sur le nez, marcher l'espée au poing ?
Siffleray-ie ? ou plûtost quitteray-ie la place ?
Il passe outre, & mon sang est encor tout de glace,
La crainte qui souuent fait voir ce qui n'est pas,
Vient de me figurer l'image du trespas ;
I'ay presque pris la fuite, & i'ay veu ce me semble

En

cét homme tout seul cinquante Archers ensemble,
n'auois pas quinze ans, que le vol d'vn manteau,
que l'on m'attacha le dos contre vn poste.au,
le cou dans le fer, & les pieds dans la bouë,
ux passans malgré moy ie fis long-temps la mouë,
fus marqué depuis à la marque du Roy,
si l'on me reprend n'est-ce pas fait de moy ?
n'est point de present, d'amy, ny d'artifice,
Qui puissent m'exempter d'vn infame supplice,
faudra qu'en charrette, & suiuy du Bourgeois,
aille sans violon danser au bout d'vn Bois.
Mais qui cause les bruits qui maintenant s'entendent? Les vo-
Et fait que tant de gens & montent & descendent, leurs
Sifflons, sifflons encor, ha Dieu ! pas vn ne vient, ont cau-
S'ils ne sont desia pris, qu'est-ce qui les retient ? sé ce
Quel battement de pied ! quel cliquetis d'espée ! bruit,
Quel murmure confus de voix entrecouppées ! qui estás
Fuyons, mais où fuiray-ie ? helas ! de tous costez, décou-
Ce ne sont que voisins, ce ne sont que clartez ; uerts
Ils ont pris cés Filous, ils me cherchent peut-estre, taschent
Et i'en tiens pour long-temps, s'il m'aduient de pa- de se
  roistre ; sauuer.
Laissons-les donc r'entrer, auant que de partir,
Cependant cachons-nous, i'entens quelqu'vn sortir. Il se ca-
  che.

SCENE TROISIESME.

OLYMPE, RAGONDE, BERONTE, caché.

OLYMPE, seule.

AV Voleur, au Voleur, accourez à mon ayde.

RAGON

RAGONDE.

Est-ce donc de chez vous que ce grand bruit procede,
Madame, auec frayeur ie me viens d'éueiller,
Et pour vous secourir, ie sors sans habiller.

OLYMPE

Des Larrons sont entrez par la petite porte,
Et nul que Lucidor ne me preste main forte ;
Ma maison est perduë.

RAGONDE.

      Il se bat comme il faut,
Et seul à ces coquins fera gagner le haut.
Mais le voicy.

SCENE QVATRIESME.

LVCIDOR, OLYMPE, RAGONDE, BERONTE, caché.

LVCIDOR.

Madame, ils ont tous fait retraitte,
Apres s'estre sauuez par la porte secrette ;
Mais qui vois-ie à ce coin ?

BERONTE, caché.

      Dieu ! ie tremble d'effroy,
Fendi

rends-toy par la moitié, muraille cache-moy.

OLYMPE.

C'est vn Voleur, prenez-le, il faut qu'il rende l'ame
Entre mille tourmens.

BERONTE,

    Grace, grace, Madame,
Et ie vous sauueray l'honneur auec le bien.

OLYMPE.

Tu fais vne promesse où ie ne comprens rien :
Mon bien & mon honneur sont-ils prez du naufrage?
Parle plus clairement, esclaicy ce langage ;
Et si tu m'aduertis de quelque trahison,
Ie t'exempte de tout, mesme de la prison.

BERONTE.

Donc sur vostre parole escoutez vne histoire,
Que d'abord vostre esprit refusera de croire.
Tersandre qui chez-vous se voit combler d'honneur,
Qui fait du magnifique & tranche du Seigneur,
N'est rien asseurement de tout ce qui vous semble.

OLYMPE.

N'est-il pas honeste-homme, & riche tout ensemble.
Ses merites par tout auiourd'huy sont prisez ?
Et ses biens trop connus l'ont fait mettre aux Ayssez.

BERONTE.

Qu'en Espions le Roy despend mal d'ordinaire.

OLYMPE.

Qui ne s'explique mieux gaigne autant à se taire.

BERONTE.

Que diriez-vous de luy, si par subtilité,
Ce Matois abusant vostre credulité,
Estoit le plus grand Gueux que le Soleil regarde.

OLYMPE.

Où donc auroit-il pris tout ce que ie luy garde,
Ces chaisnes d'or massif, & ce gros diamant?

BERONTE.

Ce sont chaisnes qu'il fait de cuiure seulement.

OLYMPE.

Quoy, ce n'est pas bon or? ô grand Dieu quelle bourde,
Et ce gros diamant.

BERONTE.

C'est vne happelourde,
Ie l'ay veu trauailler, ie l'ay seruy vingt moins,
Et ie sçay les bons tours qu'il a fait mille fois.

OLY

OLYMPE.

O mal-heur! mais ie veux que ces biens soient fri-
voles;
Ne luy gardons-nous pas deux grands sacs de pi-
stoles.

BERONTE.

Ie crois qu'au Roy d'Espagne elles ont cousté peu
A faire fabriquer.

OLYMPE.

Desnoüe ou romps ce nœu,
Est-il faux Monnoyeur?

BERONTE.

Il n'a point de semblable,
Pour fondre les metaux, ny pour jetter en sable.

OLYMPE.

O le plus Scelerat du reste des humains?
Mais pourquoy mettre ainsi ces biens faux en mes
mains?

BERONTE.

Pour ébloüir vos yeux & ceux de sa Maistresse,
Par les trompeurs appas d'vne feinte richesse.

RAGONDE.

Dieu quel Maistre Gonin!

BERONTE.

Il fait bien d'autres coups ;
Mais ie croirois plûtost qu'il les cacha chez vous,
De crainte que le temps découurant toutes choses,
Ne vint à découurir chez luy le pot aux roses ;
Et que quelque Grippeur de mauuais Garnement,
Ne le fist malgré luy changer de logement.

LVCIDOR.

Il s'en faut esclaircir.

OLYMPE.

Ie n'ay point d'autre enuie,
Si ton rapport est vray, ie te donne la vie ;
Mais s'il est faux aussi tu seras mal traité,
Entrons visitons tout.

Elle rentre.

LVCIDOR.

Dis-tu la verité.
Lucidor reconnoit Be-ronte. Mais ne t'ay-ie pas veu sous moy porter les armes ?
Ouy, c'est toy qui trembloit aux premieres allarmes,
Et dont l'yurognerie o'a tant m'offenser,
Que de ma Compagnie il te fallut chasser.
Tu viuois en pourceau, tousiours la panse pleine ;
Mais tu veux t'eschapper, Maraut.

BERONTE.

Mon Capitaine
Me tiendra-t'on promesse ?

LVCIDOR.

Ouy, si tu ne ments point.

BERONTE.

Que puissent vos Goujats m'oster gregue & pour-
  point ;
Et m'en donner par tout , si c'est vne imposture.

LVCIDOR.

Entre donc, & sans peur viens finir l'auanture.   Ils reti-
                                                      rent.

RAGONDE , seule.

Que d'vn tour si subtil i'ay l'esprit estonné !
Eust ce Nostradamus l'auroit-il diuiné ?
Quoy, ce n'est qu'vn Trompeur , qu'vn Donneur de
  bricoles ?
Qu'vn Attrappeminon, qu'vn Rogneur de pistolles?
Qu'vn Gueux pour tout potage , encor que tous les
  tours
Monté comme vn sainct George il fasse mille tours ;
Il n'est rien si trompeur qu'vne belle apparence,
Comment donc là dessus fonder quelque asseurance?
Aucun sur ce qu'il voit ne peut prendre party,
Et doit dire à ses yeux, vous en auez menty :
Mais voicy ce Mengeur de charrette ferrée,
Qui m'est venu tantost faire vne eschauffourrée ;
Les rayons de la Lune à mes yeux le font voir.

SCENE

SCENE CINQVIESME.

TERSANDRE, RAGONDE.

TERSANDRE.

Qvels cris ay-ie entendus? ne le puis-ie sçauoir

RAGONDE.

Ce sont Voleurs, Monsieur, qu'on cherche par la Vi
Vous sont-ils point connus?

TERSANDRE.

                            La demande est ciuilé ;
A qui crois-tu parler ?

RAGONDE.

                            A qui ie ne dois rien,
A qui me connoist mal, & que ie connois bien.
A qui doit s'en aller vendre ailleurs ses coquilles;
A qui croit que ie sois Reuendeuse de filles;
Et pour me faire affront m'a tenu des propos,
A se faire casser cent bastons sur le dos.

TERSANDRE.

Ha ! ie te reconnois, mais à cette heure induës
Que fais-tu toute seule au milieu de la ruë ?
Ayant trop bû d'vn coup, tu cherches ton chemin.
                                        RAGO

RAGONDE.

Ie predis presque tout quand i'ay bû du bon Vin,
Et sans aucun aspect d'Estoille, ny de Lune,
Ie vous dirois bien-tost vostre bonne fortune.

TERSANDRE.

Connois-tu l'aduenir ?

RAGONDE.

Ouy, mieux que le passé,
D'vn bizarre trépas vous estes menacé,
Et vous mourrez en l'air faisant la capriole.

TERSANDRE.

Et plus que ton sçauoir, si le mien n'est friuole,
Auec quelque commere ayant le verre en main,
Tu mourras en chantant, beuuons iusqu'à demain,
I'excuse ton yuresse à nulle autre pareille,
Et ie pardonne au vin, mais garde la bouteille.

RAGONDE.

Gardez-vous bien vous-mesme, autrement doutez-
vous
Que l'on ne vous enferme en la boëtte aux cailloux ?
Ne vous desguisez plus, il faut leuer le masque,
Songer à la retraite, & courir comme vn Basque,
On vous cherche par tout, & ie vous donne aduis
De chausser des souliers qui soient sans ponleuis.

P 4   TER

TERSANDRE.

Que dit cette insensée ?

RAGONDE.

On sçait de vos affaires,
Les feintes maintenant vous sont peu necessaires.

TERSANDRE.

Moy feindre ! moy fuir ! as-tu perdu le sens ?

RAGONDE,

N'apprehendez-vous point d'estre veu des passans ?
Que de tous vos bons tours on ne sçache le nombre,
Et que de peur du hasle on ne vous mette à l'ombre,
Bandez viste la Quaisse, ostez tout de ce lieu,
N'oubliez rien enfin sinon à dire adieu ?

TERSANDRE.
Moy ?

RAGONDE.
Vous-mesme.

TERSANDRE.
Hé ! qui donc t'a conté cette Fable ?

RAGONDE.
Celuy mesme qui vient.

SCENE

SCENE SIXIEME.

TERSANDRE. RAGONDE. BERONTE.

TERSANDRE.

Qv'as-tu dit Miserable ?

BERONTE.

Mais vous qu'auez-vous fait, m'ayant si mal-traitté
Pour auoir fait fallite à voftre lascheté ?
Ferois-je le Lyon, quand vous faite la Cane ?
Vous auez pris dequoy me fangler comme vn Afne,
Et si ma fuite alors n'eut trompé voftre main,
J'aurois demeuré tard à me leuer demain :
Mais n'aguere eftant preft, pour vn vol d'impor-
      tance,
D'aller danfer fur rien au bout d'vne potence,
J'ay, pour m'en exempter, & me venger auffi,
Fait de vos actions vn portrait racourcy :
Ouy, Florinde & fa Mere ont veu de quelle adreffe
Vous fçauez des plus fins abufer la fineffe :
Ce qu'elles vous gardoient elles l'ont vifité,
Ie leur en ay fait voir toute la fauffeté,
Et par ce feul moyen l'ay rachepté ma vie,
Qu'vn colier trop eftroit euft fans doute rauie.

TERSANDRE.

Ha perfide !

RAGONDE.

Tout beau, soyez moins Furibon,
Estant seul contre deux vous n'auriez pas du bon.

TERSANDRE.

Il moura, l'Imposteur,

BERONTE.

Rengainez ie vous prie,
Ou ie me ietteray sur vostre fripperie,
Vous feray sous ma main passer & repasser,
Et iamais Violon ne vous fit mieux danser.

TERSANDRE.

Hé! ie puis d'vn valet endurer cét outrage!

RAGONDE.

Adieu Monsieur l'Escroc.

BERONTE.

Adieu, deuenez sage.

TERSANDRE.

Tersãdre   *Ie deuiendray Bourreau, pour te rompre le col.*
donne vn   BERONTE.
coup de
pied à   *Ha Dieu quel coup de pied ma lancé ce Filou!*

                                        RAGON

RAGONDE.

Ha Dieu quel coup de poing! ie voy mille chandelles,
Au voleur.

Beronte
& vn
coup de
poing à
Ragon-
de, & s'é-
fuit.

BERONTE.

Au secours.

TERSANDRE.

Fuyons.

BERONTE.

Il a des aisles.

Il s'en
fuit.

SCENE DERNIERE.

OLYMPE. LVCIDOR. FLORINDE.
RAGONDE. BERONTE.

LVCIDOR.

Q*Vi donc crie au voleur? D'où prouient ce grand*
bruit?

RAGONDE.

Des coups que m'a donnez ce Fourbe qui s'en
fuit.

LVCIDOR.

LVCIDOR.

Madame, laiſſez-moy, ie ſçauray le pourſuiure.

OLYMPE.

Pour ſa punition il le faut laiſſer viure,
Cependant mon honneur eſt bleſſé viuement,
Par le honteux deſſein de cét enleuement:
Mais il a fait tout ſeul l'heureuſe découuerte,
De ces Voleurs de nuiĉt qui conſpiroient ma perte,
Et ſans qui toutesfois mon eſprit abuſé,
M'auroit donné pour gendre vn Filou deſguiſé.
Puis doncque voſtre épée à ce poinĉt m'a ſeruie,
Qu'elle a ſauué mon bien, mon honneur, & ma vie,
Ie vous pardonne tout, & vous promets encor,
Que Florinde iamais n'aura que Lucidor.

LVCIDOR.

O charmante promeſſe!

FLORINDE.

O faueur non commune!

OLYMPE.

Allez vous repoſer, beniſſez la Fortune
Qui fait que dés demain pour finir vos langueurs,
L'Hymen ioindra vos corps, comme Amour ioint
    vos cœurs.

FIN.